幾千の夜、昨日の月

角川文庫
18963

Contents

かつて私に夜はなかった

子どものころには夜がなかった。

実際には夜はいつだってある。子どもにも大人にも平等にある。でも、夜は子どもの所有物ではなかった。好き勝手にできるものではなかった。少なくとも、私の場合は。

私の生まれ育った家は繁華街から遠く離れており、まわりにあるのは畑や田んぼや山や川で、数少ない商店は八時前後には閉店してしまっていたから、夜はただ、真っ暗なだけだった。用がないから出歩くこともない。テレビを見て眠る。それだけ。眠ってしまえば、自分が夜のなかにいるとは気づかない。

だから子どものころの私にとって、夜はこわかった。本来あるはずではないものが、そこにあり、自分をとりまいているということがおそろしかった。

私の通っていた小学校は遠くにあり、バス通学をしていたのだが、冬は、ちょっと寄り道をしたり校内で遊んでいたりすると、バスに乗っているうちに外が暗くなった。今考えればまだ五時、六時だったろうと思うが、そのくらいの時間の暗闇でさえ、ひとりでバスに乗っているとこわく見えた。ひとりきりで知らない場所に放り出されたような心許《こころもと》なさがあった。

小学校低学年のころ、自宅の風呂《ふろ》が故障して、修理のあいだ銭湯に通わなければならなくなった。とはいえ、畑や田んぼや山や川ばかりの周囲に突然銭湯があるはずもなく、私たち家族は、風呂に入るためだけに三十分もバスに乗って町なかの銭湯を目指さねばならなかった。おりしも季節は冬。

ここで私ははじめて夜を見た。

夕ごはんを食べ終えて、家族で出かける用意をする。おもてに出ると真っ暗。夜である。夜のなか、昼に乗っているのとおんなじバスがやってくる。ベージュに青の車体、ブルーの座席、ビニールとニスが混じり合ったようなにおい、白い吊革《つりかわ》、帽子をかぶった運転手。けれど、暗闇のなか走ってくる、車内を白熱灯で光らせたバスは、昼のそれとは大きく異なる異界の乗りものみたいに感じられた。降車ボタンのピンク色もやけにどぎつく見えた。

本来ならば家にいてテレビを見ている時間、昼間とは様相の異なるバスに乗り、しかも家から遠ざかっていくということに私はおそれおののいていた。父も母もいっしょなのに、ひとりぼっちで知らない町に向かわされている気がした。

帰りの夜はもっと濃かった。体から湯気を上げながらバス停を目指す。銭湯のある町は、私たちの住むところよりは多少にぎやかなので、飲み屋の赤提灯《ちょうちん》や営業している商店の看板が光っている。しかしそのぶんよけい、夜は濃くなったように感じられた。バス停に立っていると、永遠にバスなんてこないような気がした。

銭湯に通っていたのはほんの数日だと思うが、記憶のなかでは、まるまる一冬銭湯に通い詰めだったように思える。そのくらい、はじめて見た夜の印象が強いのだろう。

それからじょじょに、夜は私の生活に姿をあらわしはじめる。さほどこわいものではなくなる。

それでも、夜というものを本当に知るのは、もっとずっとあとのことだ。

中学生になり、友だちとコンサートや芝居を見た帰り道、子どものように夜をこわいとは思わなくなり、高校生になり、学校帰りに都内まで出て遊ぶようになると、夜がもっともっと自由になればいいのにと思った。それだって私は本当には、夜を知らなかったと思う。終バスがすなわち私の夜の限界だった。あの、行き先表示が赤くぺかりと光った最後のバス。でも本当の夜は、終バスが去ったあとにあるのではないか。

夜と親しくなりはじめたのは大学に上がってからだ。このころにはもう、二十四時間営業のコンビニエンスストアもファミリーレストランも至るところにふつうにあって、私が子どものころのように夜は闇ではなかった。その薄白い夜のなかを、友だちと、恋人と、私はずんずん分け入っていった。夜をそのまま自分のものにするかのように。

十八歳のころ、恋人といっしょに夜行列車に乗ったことがある。その子の実家のそばに桜の名所があり、そこを見にいくことになったのだ。電車は空《す》いていて、ボックスシートに向かい合って座った。眠らないと明日《あした》がつらいとわかっているのに、話しても話しても話すことはたくさんあって、私たちはずうっと話し続けていた。窓の外は真っ暗闇で、まばらにしかなかった民家やネオンの明かりが増えてくると、列車は駅にすべりこむ。かすかに暖房がかかった車内に、冷たく尖《とが》った風が入ってくる。翌日見たはずの桜のことも、食べたものも、ほかにいったところも、まるきり思い出せないから、もし列車に乗ったのが昼だったら私はそのことも忘れてしまっていただろう。夜だったから覚えている。夜が、自分のものになったから覚えている。

ひとり暮らしをはじめてからは、夜はもう自分の一部のようだった。夜じゅうずっと遊んでいた。居酒屋や友だちの家にいて、外に出た瞬間、春なら春の、冬なら冬の夜のにおいがする。昼間では嗅《か》げないにおい。その瞬間が好きだった。電車も終わった時間、家を目指して歩いている途中、ゆっくりと空が白んでいくのを見ているのが好きだった。

今では徹夜で遊ぶなんてことが体力的に無理になってしまって、たいていその日のうちに帰って眠るが、先だって、隣町でめずらしく四時過ぎまで飲み、始発で帰る友だちを駅まで送って、それから歩いて帰った。真っ暗だった空が端のほうから群青色になってきて、やがて空全体が青く染まり、それを眺めて歩いていたら猛烈ななつかしさがこみあげてきて、そのあまりの猛烈さにたじろぐほどだった。ああ、二十代の私はいっつも夜と朝の真ん中をこうして歩いていたなあと思った。そうして二十代のころに過ごしてきたいくつもの夜を思い出していたら、ずっとひとりだったような気がした。本当は、友だちや恋人といたはずなのに、思い出されるのは彼らと別れこうしてひとり夜のなかを歩く自分の姿だった。けれどそれはちっともかなしくもさびしくもなくて、すがすがしく堂々とした気分だった。

夜はときとして、私たちがひとりであることを思い出させる。銭湯からの帰り道、父も母もいるのにひとりぼっちだと感じた、あの幼い日の気持ちは、夜というものの持つ本質だったような気がする。夜は否応《いやおう》なく、私たちがひとりであると気づかせる。ひとりであると気づいたときに味わう気分は、そのときどきによって違う。あるときは、不安になり心細くなり、未来には悪いことしか待ち受けていないような気分になる。あるときは、たったひとりでどこまでも歩いていけるような、妙に力強い気分になる。そうしてあるときは、一瞬前までともにいた人が、心から大切だと痛いほど思ったりする。

とくに都会の夜がどんどん明るくなっていくのは、たぶん、そのことを気づきたくない人が大勢いるからだと思う。ひとりだと気づくことがないよう、町は、二十四時間営業のコンビニエンスストアやネオンサインで夜をどこかへ追いやろうとする。暗い夜空を不自然な紫色に染め続ける。明るい夜を見て育つ子どもは、たぶんかつての私のように、夜をこわがったりはしないんじゃないか。夜というものが存在すると、ある程度成長してから気づくなんてことはないのではないか。けれど、と私は思うのだ。どんなに明るい夜でも、夜は夜だ。暗いことがイコール夜なのではない。明るい夜のなかでも、いつか人はきっと気づく。自分がひとりであると唐突に気づく。そう気づかせる夜の奇妙な力を知る。

旅のはじまりは夜

はじめて旅する異国に、夜、到着する。このくらい緊張を強いられることはない。飛行機を降りたときはまだうっすらと残っていた陽が、入国手続きを終えて空港の外に出ると、すっぽり夜にのみこまれている。はじめて降り立った場所の、気温や湿度、においというものは、淡い夜の闇のなかでいっそう強調される。ああ、知らないところにきてしまったな、と実感する。

空港から、バスなり電車なりタクシーなりで市街地を目指す。このときの心細さといったらない。たいていどの場所でも、空港周辺には何もない。さみしく灯《とも》る街灯が、ひたすら続く道路や線路を照らし出し、周囲はほとんど闇にのみこまれ、何があるのかわからない。私はどこへきてしまったんだろう、と思う。ただしい目的地にちゃんと着いたのだろうか、と不安になる。なんでこんな時間の到着便を選んでしまったのだろう、と後悔まではじめる。

やがて、暗いばかりだった周囲に、ぽつぽつと明かりが見えはじめる。民家や集合住宅の明かりである。少しほっとするが、心細さはいっかな減らない。自分はどこにいこうとしていたのか、何をするために旅立ったのか、あまりに心細すぎてわからなくなる。乗っているのがタクシーだと、この運転手は私を知らないところに連れていって置き去りにしてしまうかもしれない、とまで妄想する。そのくらい、異国の夜はこわい。

じょじょに窓の外がにぎやかになってくる。ネオン看板や明かりの灯った商店があらわれ、道ゆく人々があらわれ、その場所の生活が、夜のなかに浮かび上がってくる。中心街に近づくにつれ、店も明かりも人も看板もどんどん増えてきて、そのころには心細さが興奮へと手品のように姿を変えている。知らないところにきた！と、窓に額を貼りつけて、思う。そうだ私、知らないところへきたかったんだ。ようやく旅の意味を思い出す。

到着が昼間だと、この心細さは味わえない。はじめての場所という意味で緊張はするが、夜がもたらす心許《こころもと》なさを感じることはない。だから、それがダイナミックに興奮に変わるあの快感も味わうことができない。

ホテルをあらかじめ予約したり、パッケージツアーだったりするのではない、純粋な自由旅行というのをはじめてしたのは二十四歳のときで、いき先はタイだった。そしてこのとき、私ははじめて「異国の夜」を体験した。

バンコクのドンムアン空港に着いたのはほとんど日の暮れかけた夕方。手続きを終えて空港からおもてに出ると、むわっとした湿気混じりの熱気と、強い埃《ほこり》のにおいが押し寄せてきて、「うわ、知らないところにきた」とまず実感した。二カ月弱の貧乏旅行だったので、市街地にいくのにタクシーはもちろんエクスプレスバスにも乗らず、空港を出てふつうの路線バス乗り場に向かった。空港から続く歩道橋を渡ると、空港を経由して市街地と郊外を結ぶ路線バスの走る一般道路があり、さほど遠くないところにバス停はある。そのバス停を、ものすごい数の人が取り囲んでおり、輪に加わった私を無遠慮にじろじろと眺めた。

宿は予約していなかったが、カオサンという通りにいけば安宿がたくさんあることは知っていた。カオサンを通るバスはなかったが、その近くの、民主記念の塔を通るバスがあると、これもガイドブックで確認済みだ。そこを通るバスに乗って、塔が見えたら降り、カオサンまで歩けばいいと考えていた。バスがくるたび、バス停を取り囲む人々のだれ彼かまわずに「町へいく？　中心街にいく？」と訊《き》きまくり、これならいく、と教えられたバスに乗りこんだ。

赤にベージュラインの入った、やけに長い路線バスは、空いている吊革《つりかわ》もないほど混んでいた。そうして乗客のだれもが、リュックサックを担いでびくびく乗りこんできた日本人を珍しげに眺めまわす。丸い銀色の筒をかちゃかちゃ鳴らしながら、車掌がお金を集めにくる。いくらなのかわからないまま小銭を渡し、釣りと薄い紙切れをもらう。人の合間から私は必死で窓の外を見、まだまだ先だというのに「民主記念の塔」をさがした。さっき空に残っていた橙色《だいだいいろ》はあっという間に群青色にのみこまれ、車道沿いの屋台の明かりがくっきりと光りはじめる。アスファルトの崩れた歩道、ぽつりぽつりと立つ屋台、屋台で焼かれている食べもの、大鍋から上がる湯気、寝そべる犬、歩きまわる犬、歩道を歩く人々。何もかもはじめて見るものばかり。全開の窓から、汚水とスパイスの混じったようなにおいが絶えず流れこんでくる。車内には、車掌の鳴らすかちゃかちゃいう音がひっきりなしに響いている。私、いったいどこにきちゃったんだろう。どこに向かっているんだろう。なんでこんなところにいるんだろう？　心細さと不安は最高潮に達し、私は幾度も、近くにいる乗客に「カオサンはまだ？」「民主記念の塔はまだ？」と、ガイドブックを広げて訊いた。私に話しかけられると、みんなびっくりしたように私を見、ガイドブックには目も落とさず、首を傾げて見せた。ああ、だれもなんにも教えてくれない。

ひとりでたどり着くしかない。でも本当に、私はいこうとしている場所にたどり着けるんだろうか。このままどこか知らないところへいってしまうのではないか。

　道路が渋滞しだし、バスはのろのろ運転になった。窓の外はますますにぎやかに、無秩序になっている。青いシートで屋根を作った屋台や露店が、歩道にびっしりと並んでいる。ジーンズ、時計、Tシャツ、鞄《かばん》、靴、食べもの。過剰なくらいの量、過剰なくらいの連続。なんなの、これ。祭りにしては日常臭がありすぎるし、でも日常にしては過激すぎる。心細さと不安が、気がつけば震えるくらいの興奮にとってかわられている。たった今、私にとってものすごい大冒険がはじまったような実感がある。そこに入ったらもう二度と元に戻れないような、そういう場所に足を踏み入れてしまった予感がある。

　渋滞を抜けバスは走り出し、気がつけばバスに乗って小一時間がたっていて、窓の外に塔らしきものが見えた。「ねえ、あれ、民主記念の塔？　これ？」私は隣に立っていた女学生数人に、写真の載っているガイドブックを押しつけるように見せた。彼女たちは戸惑ったようにうなずき合うので、私はすばやく降車ボタンを押しバスを降りた。

　そこは民主記念の塔ではなかった。似たような塔だが違った。異国の夜、喧噪《けんそう》と熱気と行き交う車の排気ガスに取り囲まれ、途方に暮れていると、「もしかしてカオサンにいく?」と、見知らぬ外国人が声を掛けてきた。私と似たようなリュックを背負い、私と変わらないみすぼらしい格好をした、私とそう歳の変わらないであろう欧米人だった。「ぼくも間違えてここでタクシーを降りちゃったんだ。いっしょにトゥクトゥクに乗ってカオサンにいかないか」と、言うのである。オートバイがリヤカーを引っ張るようなかたちのトゥクトゥクという乗りものに、私たちは乗りこんだ。彼はスウェーデンからきた旅行者だった。カオサンロードの入り口でトゥクトゥクを降り、折半してお金を払い、その場で別れた。

安宿が無数に並ぶ、にぎやかで猥雑《わいざつ》であやしげなカオサンで、千円もしない宿をとり、窓も冷房もなくマットレスだけがある質素な部屋に、重たいリュックを置き、財布だけ持って外に出た。とりあえず夕飯、と思いながらカオサンロードを歩く。土産物屋と食堂がひしめき、大音量でロックが流れるこの通りも過剰で過激であったが、宿をとってしまったあとでは、もう夜の在りようが変わっていた。心細く不安だったが、どこへきてしまったのか、どこへいこうとしていたのか、という、宇宙に放り出されたような孤独な心許なさとは種類の違う心細さと不安だった。指の先までじわじわと興奮は広がったが、何かまったく知らない種類の冒険に足を踏み入れた、というのとは違う興奮だった。私はそのときすでに、もう旅のさなかにいたのだと思う。

あの孤独と興奮は、旅のさなかではなく、旅のはじまりにしか感じられないのだ。旅のはじまりというものを、もっとも体感的に味わわせてくれるのが、空港から市街地へと続く夜の道である。

夜のアトラス

私はたいへんなビビリ性であり、また幾度旅しても旅慣れることができない。だから、移動する際、目的地の到着時間が日暮れ前になるよう慎重に選ぶ。夜に知らない町に着いて、うろうろと宿をさがし、見つからず途方に暮れるなんていうことを、ぜったいにしたくないからだ。

マラケシュから乗ったワルザザート行きのバスの到着が夜になってしまったのには、だから理由がある。

カサブランカからエッサウィラに向かい、そこからマラケシュに移動して数日過ごし、その後ワルザザートを経由してザゴラにいくことに決めた。バスターミナルにいって調べると、ワルザザート行きのバスは午後二時半発、目的地には夕方に着く。私はそのチケットを買った。

午後までのあいだ、新市街を散策したり、昼を食べたり、旧市街へと延々歩いたりして時間を潰《つぶ》した。その間、ビビリ性の私はバスを逃すのがこわくて、幾度もバスチケットを取りだしては時間を確認した。そして発車の二十分ほど前にバスターミナルに戻ってきた。

ワルザート行きのバスが止まるターミナルを教えてもらい、リュックを抱えてそこでじっと待っていたのだが、奇妙なことにほかの乗客の姿がまるでない。発車時刻が近づけば人も増えるだろうと思っていたのに、十分前になっても五分前になっても、そこに座っているのは私ひとり。しかも発車時刻間際になってもバスすらこない。とはいえ、モロッコのバスはたいてい遅れるから、バスがこないのはさほど気にならなかったのだが、十分たっても二十分たってもやっぱりバスもこない。バスを待つ人の姿も相変わらずない。ようやく「何かへんだ」と気づき、たまたま通りかかった二人組の男の子を呼び止め、「このバスを待っているんだけど、こないのかなあ」と訊いてみた。二人は私の見せたチケットをまじまじと眺め、言った。

「ねえ、これ、時間が十四時三十分発って書いてあるよ。今は午後五時近いよ」

えっ、と思ってチケットを見た。本当だ。と、いうより、たしかに自分が二時半発のチケットを買ったことを覚えている。ならばなぜ私はこんな時間にこんなところにいるのだろう……一瞬何がなんだかわからず混乱したが、はたと気づいた。私はチケットに記載された時間を幾度も確認したが、そうしているうち、「十四時」を「四時」と間違えて覚えていたのだ。私がバス停にきたのが三時十分。そして今は四時五十分を過ぎている。

「どうしよう!」己の馬鹿みたいな間違いに気づき、思わず叫ぶと、

「バスのチケットは時間の変更がきくから平気だよ。こっちこっち」と、彼らは私のチケットを手に、ターミナルオフィスへと向かう。窓口で次のバスに変更してくれ、

「じゃあねー、今度は間違っちゃだめだよ!」と手をふって去っていった。次のバスは午後六時発。到着は、夜の十時をまわった時間。ああ、ついに恐れていた夜の到着。

六時前になると、ちゃんとターミナルにはバス待ちの人々があらわれた。大荷物を持ったモロッコの人ばかりだから、みな家に帰るのだろう。六時前にやってきたバスに、彼らとともに暗い気持ちで乗りこみ、座席に着いた。

建物のピンク色と土の淡い茶色、その二色で構成されたようなマラケシュの町が、夕暮れの金色をまとう。バスは土埃《つちぼこり》を上げてその町なかを過ぎ、遠ざかる。窓の外に見える民家や商店が減っていくのと同時に、空は橙《だいだい》からピンクへ、ピンクから紫

へ、紫から群青へと色を変えた。アトラス山脈をバスが走りはじめるころは、外はひたすら真っ黒だった。見渡す限り明かりのひとつもない。あるのは月と星だけ。じりじりと不安になる。

ただでさえ方向音痴なのに、こんな真っ暗になってから知らない町に着いて、無事ホテルを見つけられるのだろうか。見つけても満室だったらどうする。物盗《ものと》りにあったらどうする。誘拐されたらどうする。どうするどうするどうする。不安が重苦しく圧迫し、私は忌々《いまいま》しい思いで、ぺかりと夜空に光る銀紙みたいな月を見上げる。

八時を過ぎて食事休憩になった。なんにもなかった山道の、ずいぶんてっぺんあたりに一軒の店があり、そこだけ白熱灯がはじけている。ぞろぞろバスを降りる乗客たちに続き、運転席に座る運転手に「何分？　何分に戻ればいいの？」と腕時計を指し示して話しかける。運転手は針の位置を指して何か答える。私はその言葉を聞き取れないし、針の位置もよく見えなかったのだが、だいじなのは休憩が何分か知ることではなく、そうやって質問をして「日本人の女がひとり乗っている」と運転手に知らしめることである。これをやっておけば、発車時、言葉の通じない日本人がちゃんと乗っているか、たいていの運転手は確認してくれる。こんな山のなかの、一軒しかない店に置いていかれたら、驚きと恐怖のために私は発狂するであろう。

乗客のほとんどが店のなかで食事をしているので、時間の余裕はあるのだろうと、私もミントティとケバブサンドを注文し、乗客の顔を見つめながら食べた。す、と知らない男が近寄ってきて、私のテーブルの前に立つ。夜更けの到着で不安に圧迫されている私は、おそるおそる男を見上げた。色の黒い、白いシャツを着たその男は、じいーっと私を見下ろしていたかと思うと、鼻の下に指を二本あて、真顔で「カトチャン、ペッ」と言った。へなへなと腰が砕けそうであった。日本人旅行者に教わったのだろう。彼はそれだけ言うと、すーっと離れて店の奥に消えた。

置いていかれることなくバスに乗りこみ、またしても暗い道をバスはひたすら走る。山を下り、次第に窓の外に明かりが点々と見えてくる。民家の明かりである。

バスがワルザザートに着いたのは、午後十一時近かった。バスターミナルを出ると、町は眠ったように暗く、ぽつりぽつりとある街灯が、閉まったシャッターやひび割れた歩道のタイルを照らしている。大勢いた乗客たちは、あっという間にそれぞれの方向に去ってしまった。宿のありそうな方向に向けて、意を決して歩きはじめた。白い光の頼りない街灯が、よけい夜の暗さを強調している。しかも私の向から方向はどんどん暗くなる。泣きそうになりながら歩いていた私は、はたと、一台のベンツが妙に抑えたスピードで、向こう車線を走っているのに気がついた。モロッコは右側運転なので、向こうの車線を走る車と私の歩く方向は同じである。あの車、私のあとをつけている！　気がつくやいなや、私は駆けだした。冷静に考えれば、駆けたって無駄である。車のほうが何倍も速いのだから。でも、駆けた。もういやだもういやだもういやだ、なんで十四時を四時と間違えるんだ、私の馬鹿野郎！　と、自身をののしりながら走るうち、ようやくホテルの明かりが見えた。ホテルに飛びこむと、ベンツがすーっとスピードを上げて走っていくのが視界の隅に映った。「ベンツが！」ホテルに入って私は叫んだ。「ベンツが私を追いかけてきている、助けて！」と。

受付にいたのはまだ若い二人の男の子で、顔を見合わせ、おもてに出ていき、「ベンツなんてないよ」と言って笑った。私も彼らの後ろからおそるおそる外をのぞいた。ただ真っ暗なだけだった。「だって走っていっちゃったもの、だから今はないけど、さっきはあった、ついてきた」私は説明したが、彼らはまた顔を見合わせ、何か洒落《しゃれ》た冗談でも聞いたように二人で笑った。

夜が明けてみると、この町は、こぢんまりとして気候のいい、すばらしい町だった。街路樹が陽射しをすいこみ、アスファルトや未舗装の道に淡い影を作っている。洒落たレストランも、昔ながらの食堂も、市場もあった。二人組の受付の子たちは、朝でも昼でもそこにいて、私が出ていくたび、「ベンツに気をつけて！」と言っておもしろそうに笑った。そうしてからかわれているうち、ベンツなんて本当にあったのかなという気がしてきた。あれはもしかして、私の内の極度の不安が、そのまま車のかたちをしてあらわれただけだったのではないかな、などと考えた。そうか、私の不安はかたちにすると大男でもなく幽霊でもなく、ボルボでもなくワーゲンでもなく、ベンツになるのか。

数日後、砂漠へ通じる町ザゴラに向けて私は出発した。チェックアウトを済ませ、リュックを背負いなおして明るい陽射しのおもてに出る私を、男の子たちはたのしそうに笑いながら、例の言葉で見送った。いってらっしゃい、ベンツには気をつけて、よい旅を！

こわくない夜

たいていがひとり旅、というと、もっともよく訊《き》かれるのは、「こわくないのか？」ということである。もちろんこわい。夜はもっともこわい。当然、夜遊びなんかぜったいにしない。酒を飲みにいっても、夜十時には宿に戻る。私は酒が好きだが、ひとり旅の旅先で泥酔するまで飲むことはまずない。

ところが、決めたとおりにいかないのが旅である。「旅では泥酔しない。夜更けにふらふら歩かない」と決めていたって、気がつけば泥酔していることもあるし、気がつけば夜更けの道をひとり歩いていることもある。

ギリシャのカランバカは、当初の旅の目的には入っていなかった。私は二週間、たっぷりリゾートを満喫しようと、海沿いのホテルを予約し、ギリシャの島に旅だったのだった。時季は十一月、島全体はシーズンオフで観光客の姿はほとんどなく、ホテルの周囲に開いている店もほとんどなく、島の人たちが利用するごく一般的なスーパーや食堂しか開いていなかった。それでも私の目的は「リゾートでのんびり」だったので、そのがら空き状況はかえってありがたかったのだが、到着後三日にして、理想的な「リゾートでのんびり」に飽きてしまった。人間があんまり優雅にできていないのだろう。

そこで四日目、私は早くもホテルの残りの日数をキャンセルし、メテオラに向けて島を出た。

たまたまこの島で会った日本人の男の子が、メテオラの話をしてくれたのだった。メテオラとはギリシャ語で「空中に吊《つ》り上げられた」というような意味で、その名の通り空に向かっていくつも奇岩がそびえており、そして摩訶《まか》不思議なことに、奇岩の上には修道院がある。彼の話を聞くうち、むくむくと興味がわいて、メテオラに移動することにしたのである。

滞在していた島からナントカという町まで飛行機でいき、そこからメテオラの麓《ふもと》に広がる村、カランバカまでバスに乗っていく。その煩雑な道順を私は旅行代理店で聞いたのだが、ギリシャ語は一言も理解できず、英語すらおぼつかない自分が、どのように理解したのか未《いま》だに謎であるが、ともかく、なんとかなるさと出立した。

この飛行機が揺れに揺れて、到着後まっすぐ歩けないほど気分が悪くなり、飛行場のあるその町に一泊したのだが、この町がなんという町だったのか、未だにわからない。

翌日、バスでカランバカを目指した。バスは山をのぼり、気がつけば窓の外は雪景色で、「あんれまあ」と窓に顔をくっつけていると、今度は山を下り、雪などまったくない道をバスは進む。そうして到着したカランバカは、こぢんまりした村だった。中心地は、たぶん十五分でまわり終えてしまう。そのちいさな村のどこからでも、空にそびえる奇岩が見える。これがまた、なんとも珍妙な景色。巨大な筍《たけのこ》がにょきにょきはえているようなのだ。

中心地にホテルを見つけられず、村はずれにようやく宿を見つけてチェックインした。シャワーもテレビもついているが、じつにおんぼろのホテルである。

翌日から私は精力的に歩きまわった。メテオラの修道院巡りである。シーズンオフでバスは冬季休業になっており、歩くしかないと思って歩いたのだが、舗装された道路はあるとはいえ、標高数百メートル級の山をいくつも越えるのである。タクシーに乗れば一日でぜんぶまわれただろうが、別に急ぐわけではなしと、私は毎日歩いて毎日べつの修道院を訪れた。

このカランバカという村は、ずいぶんとひなびたところだった。洒落たレストランはあるにはあるようだが、みな冬季休業。営業しているのは村の食堂然とした店ばかり。ある日の夕方、やっているんだかいないんだかわからない食堂に入った。しばらくしておじいさんが奥の住居から出てくる。何か食べたい、とジェスチャーで告げると、おじいさんは「スブラギ」と言う。じゃあスブラギ、と頼むと、いきなり暖炉に炭をくべる。炭が燃えはじめると、そこに網を置き、羊肉を焼きはじめる。料理が出そろうまで三十分以上かかる。なんとも原始的な食堂ではないか。しかしこの炭火スブラギはとんでもなくおいしかった。

何日目かに、別の食堂で羊肉を食べていたところ、窓の外を見知った顔が歩いていく。島で会い、メテオラについて教えてくれた男の子である。私は呼び止め、彼を食堂に誘っていっしょにごはんを食べることにした。その子は東京の美大の学生で、半年間休学して、建築を見るためにヨーロッパをまわっていた。私たちは地元の老人で混んだ食堂で、東京のことや自分の仕事や学業のこと、今まで旅したところや印象深かった場所などについて話した。私たちはワインを飲んでいたのだが、このあたりの食堂は、ワインといえば自家製ワインが出てくる。ぶどうの皮の味のする、さっぱりした飲み口の酒で、いくらでも飲める。気がつけば、さっきまで大勢いた老人たちはひとりもおらず、食堂には私たちだけで、どのくらい飲んだのか、自家製ワインの空デカンタ（じょうろのようなアルミ製のもの）がテーブルにいくつも並んでいる。もうそろそろ店を閉めたいのだが、と店の人に言われ、時刻を確認すると午前二時近い。あっ、夜更けだ、しかも泥酔してしまった、と、この段になってようやく気づいた。

ホテルまで送っていくよ、と男の子は言ったが、私のホテルは遠かったので断り、ひとりで歩きはじめた。田舎の村には歩く人も走る車もない。街灯すらたくさんはない。ただでさえちいさな村がすっぽりと夜に沈みこんでいる。しかも私のホテルは村はずれ。中心地を出ると、いきなりさみしい道が夜のなか、かろうじて続いている。

こんなところをこんな夜更けにひとりで歩いていて、暗闇から物盗《ものと》りが出てきたら、叫び声をあげる前に身ぐるみはがされるなあ、と暗い道を歩きながら考えた。しかし、こわくない。ちっともこわくない。だって、盗られるものなんかなんにもないじゃん、あはははははは、と笑いたい気分ですらある。しかし盗られるならまだましだ、身ぐるみはがされて殺されるかもしれない。そう考えても、不思議とこわくない。私ひとり、人っ子ひとりいない深夜に殺すのなんて、本当にかんたんだろうなあ、というような感想しかない。ビビリ性で、なんでもかんでもこわい私には、この、「深夜に泥酔、しかもひとりきり」がこわくない、ということに異様に昂揚《こうよう》し、あはははは、と声を出して笑った。静かな田舎道にその声は響き渡る。あはははは、あはははは。笑いながら私はホテル目指して歩き続けた。あっ、今日移動するんだ、電車のチケット買ったんだ、たしか電車は午前五時の始発だ、二時間くらいしか眠れない。ふいにそう気づいて、今ごろ気づいたことがまたおかしくて、笑う。背をのけぞらせて笑うと、黒々と闇に沈んだ奇岩と、ちっこい星がいくつも見えた。星の光って静かだなあと、そのままの姿勢で空を仰いだ。

ホテルのカウンターには無愛想な中年男がいた。「今日早朝チェックアウト、だから今、お金精算」と、単語をつなぎ合わせて説明し、宿泊代金を払い、部屋に戻って目覚ましをセットし、寝た。

二時間ほどで目を覚ますと、猛烈な二日酔いだった。私はあたふたと荷造りをし、始発電車に乗るべく四時半に宿を出た。カウンターは無人だった。カウンターの内側に小型テレビがつけっ放しになっているのが見えた。白黒の画質の悪いテレビが映していたのは、アダルトビデオだった。金髪の女が大きく口を開けて、モザイクになった馬鹿でかい男の性器を一生懸命舐《な》めていた。げ。私はあたりを見まわした。だれもいない。さっきの無愛想なおっさんがこれを見ていたのかな。トイレにでもいって席を外しているのかな。私は鍵を置き、そそくさと宿を出た。外はまだ真っ暗だった。鉄道駅を目指して、真っ暗な道をひたすら歩いた。こわかった。トラックが通り過ぎるたび身を縮こまらせ、どこかの民家から犬が吠《ほ》えるたび「ひっ」とちいさく叫んだ。今さっき見た、白黒のアダルトビデオ映像がぐるぐると頭のなかを駆けめぐり、私の恐怖に拍車を掛けた。こわいこわいこわいこわい。襲われたら。盗られたら。殺されたら。頭の痛みと吐き気をこらえ、小走りになって駅を目指した。

駅について、ほかの乗客たちの姿を見、ようやく恐怖から解放されて、はたと数時間前のことを思い出す。そういえば、数時間前なんでこわくなかったんだろう。答えはすぐに出た。泥酔していたからだ。なんと皮肉なことか。こわいから泥酔しないよういつも気をつけているのに、泥酔すればあんなにもこわくないのだ。

やがて電車がやってきた。がら空きの電車の、窓側の席に座り、駅で買ったコーヒーをすすった。濃紺の空は、水で溶かしたような青にゆっくりとかわり、やがて彼方《かなた》に光が見えた。空にそびえる奇岩と、奇岩の合間で静かに瞬く星が、なぜだか思い出された。きれいだったなと、白んでいく空を見てぽつりと思った。

世界のどこも、うちの近所ではない

二十四時間営業のコンビニエンスストアやファミリーレストラン、午前二時、三時まで開いている居酒屋、商店街の街灯、電飾看板、などがあふれる町に暮らしていると、それらのない夜の存在をすっかり忘れてしまう。

先だってある取材で、大分との県境にほど近い、熊本の産山《うぶやま》村に泊まりにいった。周辺を車でまわり、まだ陽のある夕方に宿に戻り、引き続き取材をし、ふと気がつくと、おもてはすっかり夜である。

夜の九時近くに取材が終わり、夕食になった。煙草が切れていたので、夕食の準備が整うまでに買ってこようと外に出た。

真っ暗。本当に真っ暗。街灯もない、電飾看板もない、走る車のランプもない。遠くに自動販売機の白くて薄い明かりが見える。もしやあの販売機は煙草の販売機では？　と思いながら歩き出した。しんと静まり返っている。木々も田んぼも、点在する雑貨屋や豆腐屋も、夜のなかに沈みこんでいる。

そういえば、こういうことってすぐ忘れちゃうんだよな、と思いながらひたひたと歩いた。こういうことというのはつまり、二十四時間営業のコンビニエンスストアがどこにでもあるわけではない、ということだ。自分の住まいの近所には四軒のコンビニエンスストアがあり、そのどこにも二、三分でいけてしまうので、「歩いていける場所にコンビニがない」場所なんて、世のなかにあるもんかと無意識に思ってしまう。東京がふつうで、それ以外がふつうではないと思いこんでしまうのだが、そうではない、東京が異常なのである。

コンビニいこう、と思って外に出て、「コンビニはどこにでもあるわけではない」とはっと気づく。私はこれを、旅先で十回はやっている。まったく学習しないのである。

十年前、アイルランドのコークという町にある学生アパートに夜たどり着き、同室のアメリカ人の女の子たちと自己紹介をしあったのち、「ところでこのあたりにお店はないか」と私は訊《き》いた。女の子たちはぽかんと私を見た。「なんのお店？」と訊く。「飲みものやお菓子を売っている店」と答えると、さらに意味不明、という顔のまま、「何がほしいの？」とさらに訊く。何がほしいの、こんな夜更けに？

と言いたげな表情であるが、まだ夜の九時過ぎである。「ジュースとか、ビールとか……」と答えると、「喉《のど》が渇いているのね」「紅茶をいれてあげる」と、彼女たちはぱっとキッチンへ向かった。わざわざ買わなくともいれてあげるという彼女たちの親切なのか、このあたりは治安が悪いから出歩くなという意味なのか、といぶかりながら、いれてもらった紅茶を飲んだが、周囲にはコンビニエンスストアなど一軒もない、と知ったのは翌日だった。

ギリシャのアテネでコンビニエンスストアを求めてうろついた。このときはまだ夕方だった。何を買おうとしていたのか今では忘れてしまったが、とにかく何かが必要で、コンビニ、コンビニと思いつつ中心街を歩いたのだが、ない。みやげもの屋や本屋、アクセサリー屋や洋服屋はいくらでもあるのに、コンビニエンスストアはない。あった！　と思ったら閉まっている。その日は日曜だった。日曜に休むコンビニエンスストアがあるのかと、私はまたしても驚くのだが、二十四時間毎日営業のコンビニエンスストアのほうが、当然ながらめずらしいのである。

二〇〇八年二月に仕事でいったシアトルでも、町じゅうさがしまわってコンビニエンスストアを一軒も見つけることができなかった。どこかにはあったのかもしれないが、私に見つけることはできず、「え、そんな。え、そんな」とつぶやきながら町を徘徊《はいかい》し、はたと、「ここは私んちの近所ではないんだ」と思い出した。

世界のどこも、私んちの近所ではない。そんなことをすぐ忘れる。どこにでも、深夜まで開いている居酒屋があると思っている。どこにでも、二十四時間営業のコンビニエンスストアがあると思っている。そんなはずはないと頭でわかっているのに、わからなくなる。

唐突に、しかも夜に、どうしても必要になるものというのは、じつのところなんにもない。考えてみれば、私が二十歳まで暮らしていた実家のまわりにコンビニエンスストアはなかった。それでとくべつ困ったことはなかった。食べもの、飲みもの、その他生活必需品は、とりあえずは家のどこかに備品があった。もちろんコンビニエンスストアが近所にないから、買い置きがしてあるのである。

はじめてひとり暮らしをしたアパートのそばにはコンビニエンスストアがあり、おそらくここから私の堕落ははじまるのである。

なんだか喉が渇いた。そう思ったとき、お茶をいれることをせず靴を履いてコンビニにいく。

ちょっと酒を飲み足りない。そう思ったとき、我慢せずに靴を履いてコンビニにいく。

なんかアイス食べたい。そう思ったとき、迷わず靴を履いてコンビニにいく。昼夜逆転の生活を送っていた二十代のころ、私は二種の青年漫画誌を愛読していたのだが、月曜日発売のものは早朝午前四時前後に、木曜発売のものも同じ時間帯に、その雑誌は棚に並べられた。私はそれらの雑誌を心待ちにするあまり、まだ夜も明けきらないうちにアパートを飛び出したものだった。そういう自分の行動を、おかしいとすら思わなかった。

酒類であれ雑誌であれ、思いついたことはたいしたことでもないのに、「あれこれが今ほしい」とまったく躊躇《ちゅうちょ》なく靴を履いてコンビニに向かってしまう。これを数回続けるだけで癖になり、さらに数年続けると「世界のどこにでもコンビニはある」と無意識に信じるようになる。

一度だけコンビニエンスストアがないことにせっぱ詰まったことがあって、それはインドネシアのビンタン島、タンジュンピナンといううちいさな町に滞在したときのことだ。この島に観光客はめったにこないらしく、ホテルもゲストハウスも数えるほどしかない。そしてどういうわけなのか、食堂も、ゲストハウスも、洗面所に水道の蛇口はついているのに、水が出ないのであった。私はこのとき、老夫婦が営むゲストハウスに泊まっていたのだが、ここの水道も水が出なかった。風呂場《ふろば》には溜《た》め水が置いてあり、それで体を洗い顔を洗い歯を磨くのである。町にいるときはまだよかったが、そこからもっと田舎に移動し、海沿いのゲストハウスに着いて愕《がく》然《ぜん》とした。海沿いのゲストハウスなのだから、周囲にはコンビニエンスストアとは言わずとも、泊まり客をあてこんだ雑貨屋やみやげもの屋があるだろうと思っていたのだが、一軒もない。あるのは海、緑濃い畑、その真ん中にゲストハウスがぽつんと建っている。なんにもないと知っていれば、ミネラルウォーターを大量に買ってくることもできたのだが、またしても私は甘い幻想に従って移動してしまったのである。そしてこのゲストハウスの水道も、水が出なかった。風呂その他は、ドラム缶に入った溜め水を使う。視界の届くかぎり海と畑しか見えず、人っこひとり歩いていないというのに、もしやこの道の先に雑貨屋があるのではなかろうかと、私は妄想のように考え、ふらふらと歩いた。当然歩けども歩けども人工物はいっさいなく、ただいたずらに喉が渇いただけだった。

宿が提供してくれる質素な夕食を食べ、電気がないので蠟燭《ろうそく》に火をつけ、その明かりで本を読んでから眠った。激しい雨の音で目が覚めた。竹で編んだバンガローが強風に揺れていた。明日《あした》は近隣のシンガポールに移ろうと、情けない気分で私は思っていた。

世界のどこも、私んちの近所のようではない。だから旅に出るんだよなあ。産山村の夜道を歩きながら、そんなことを思い出していた。まさに、夜そのもの。遠く、ゲーコゲーコと蛙の声が聞こえてくる。ひたひたと自分の足音も聞こえる。それ以外は無音。歩いている人もいない。明日は雨なのか、夜空を見上げても星も月もない。

はて、たどり着いてみると、自動販売機で売られているのは煙草ではなく、ジュースだった。白々とした明かりに、羽虫やちいさな蛾が体当たりをくり返していた。煙草はあきらめるか。とぼとぼと引き返した。コンビニエンスストアに慣れるのは一瞬だが、コンビニエンスストアがない世界に慣れるのは、不思議とけっこう時間がかかるものである。

夜と安宿

急激に不安感に襲われることが、ごくごくまれにある。そういうときは必ず夜だ。その不安感にはっきりした正体はない。なんだかいろんなことが全部うまくいかない気がする、というようなことを思うのだが、では「いろんなこと」の内訳は何かと言えば、自分でもわからない。わからないのに、もうだめだ、というような気分になる。四十一年も生きてみると、幾度かこういう気分を味わっているので、対処法もだんだんわかってくる。「今は夜だからこんなに不安になるのだ」と思えばいい。「朝になればけろりと忘れるに決まってる」と思うと、すーっと気持ちが楽になる。即座に眠れる。

けれどこれが旅先だと、ちょっとたちが悪い。不安感の内訳が、じつに具体的に思い浮かび、どんどん悪化する。日常、眠れないということが私はまったくないのだが、旅先でこうした不安感につかまると、みごとに眠れなくなる。

二十代のときの私の旅スタイルは、どう見ても貧乏バックパッカーだった。バックパックにTシャツにジーンズにサンダル、食事は屋台で移動は長距離バス、一日の終わりには必ず所持金を計算する、そんな旅である。けれど私は、貧乏バックパッカーと切っても切り離せない安宿が、どうにも苦手だった。

安宿には種類がある。当時アジアでは三千円くらいのホテルは超高級安宿だった。トイレもバスも部屋にあり、シャワーからはちゃんとお湯が出、ベッドは薄くてもマットレスがあり、シーツは清潔である。千円程度ならば中級安宿、シャワーは水だけだがバストイレはとりあえず部屋にあることが多い。その下に数百円の超低級安宿がある。バストイレ共同、ベッドにはシーツなんて敷かれていない。長旅のバックパッカーはたいてい、超低級に泊まっている。超低級には超低級のよさもある。似たような旅行者が大勢いるので、話し相手には事欠かないし、旅の情報も得られる。

はじめてひとり旅をしたとき、私も「そういうものだ」と思っていたので、超低級安宿にチェックインした。五百円くらいだったと思う。受付でお金と交換に鍵《かぎ》をもらい、薄暗い廊下を歩いて部屋のドアを開け、そして私はかたまった。その部屋には無数の先客がいたのである。先客、すなわちゴキブリ。あの黒光りする虫が何より苦手な私はそのままドアを閉め、受付でひったくるようにお金を返してもらい、高級安宿をまっしぐらに目指した。それ以来、どんなに経済的に逼迫《ひっぱく》している旅でも、超高級安宿か中級安宿にしか泊まらなくなった。

ところが、そんなふうに決めていても、やむなく低級安宿に泊まってしまうこともある。その町だか村だかには低級安宿しかない、とか、客引きにつかまって無理矢理連れてこられた、とか、友だちになった子に誘われて同じ宿にしてしまった、とか、やむなき理由はいろいろある。

ホーチミンで、なぜ一泊七百円の低級安宿に泊まることになったのか、そのやむなき理由は今では覚えていない。ハノイから一カ月かけて南下する旅でホーチミンに着き、安宿が林立するファングーラオ通りに向かい、いつもなら避けている低級安宿に私はチェックインしたのだった。トイレもシャワーも共同で、薄っぺらいマットレスが敷いてあるだけの簡素な部屋だったが、低級安宿にしては清潔だった。一日町をほっつき歩き、夕食を食べ、酒を飲み、九時ごろ宿に帰ってシャワーを浴びて、十時過ぎ、ベッドに横たわった。

眠るために目を閉じたのだが、不安がそろそろと足元から這《は》い上がってきた。自分の家でなら、正体のない漠然とした不安でしかないのだが、このときの不安感はやけに具体性を帯びていた。私が寝入ったら強盗が部屋に侵入してくるのではなかろうか。あんなへなへなのドアを蹴破《けやぶ》るのはかんたんだろう。鍵だってすぐ壊せそうだ。私はドアの下の数センチの隙間を見つめた。廊下の明かりが細長く入りこんでいる。あそこからゴキブリが入ってくるのではなかろうか。明日町なかでスリにあうのではなかろうか。パスポートをなくすのではなかろうか。全財産を盗《と》られるのではなかろうか。脈絡のない具体的な不安が、勢いよく注いだビールの泡みたいにあふれ出してくる。私の日本のおうちは、今、火事になっているのではなかろうか。日本にいる私の恋人は、知らないだれかと恋に落ちているのではなかろうか。ひとり暮らしをしている母親は、突然倒れているのではなかろうか。止まらない。泡はどんどんあふれ出る。帰りの飛行機、落ちるのではなかろうか。帰りの飛行機、そもそも席がとれていないのではなかろうか。

夜半、どんどん目は冴《さ》えてくる。具体的な不安のひとつひとつが重みを増しながら大きくなる。ぜったいにそうなるに違いないという確信にまで膨らむ。ぜったい強盗は侵入してくる。ぜったいパスポートをなくす。ぜったい母は倒れていて、ぜったい帰りの飛行機は落ちる。運の悪いことに、このとき耳鳴りがはじまった。かん、かん、かん、かん、と鐘を鳴らすような音が、耳の奥で聞こえる。ああ、これは虫の知らせだ、悪いことの起きる予兆だ。起きて明かりをつけることもできないくらい、私は不安に打ちのめされる。

それでも不思議なことに、気がつけば眠っていて、気がつけば朝である。窓から射しこむ白い光に目をやり、昨日あんなにも私をとらえた不安の数々が、きれいさっぱり消えていることを私は知る。なんであんな馬鹿みたいなことを本気でこわがったりしたのだろうと思う。

その日、私は一泊七百円のその宿をチェックアウトした。陽射しがすべての不安を一掃してはいたけれど、私はわかっていた。夜になればまた、それらは生々しく蘇《よみがえ》ってきて私を覆い尽くすのだ。バックパックだけの荷物を担ぎ、安宿通りを出、中心街のど真ん中にある高級安宿にあらためてチェックインした。一泊三千円である。

ホーチミンで過ごしていた数日のあいだに幾人も友人ができた。みな長期旅行中のバックパッカーで、ファングーラオ通りの安宿に泊まっていた。どこに泊まっているの、と訊《き》かれ、ホテルの名を告げると、「うわー金持ち」と感嘆された。そう言われるたび、あの一夜の小心を見とがめられた気がして、ばつの悪い思いをした。

その後あちこち旅をして思ったのだが、どうも私は、低級安宿に泊まると、夜、不安感に苛《さいな》まれるようである。アジアでもヨーロッパでも、都会でも田舎でも。

そう気づいてからは、前よりさらに慎重に低級安宿を避けるようになったのだが、それでもやっぱり、泊まらざるを得ないことがある。モロッコのトドラ渓谷を訪れたときは、そのあたりに二軒しか宿屋がなく、どちらも低級安宿だった。いや、値段的には中級安宿なのだが、中身はどう見ても低級安宿である。またしても寝入る段になってじわじわと不安感が湧き上がり、目を見開いて天井を眺めていたのだが、その天井の隅に、見たこともないくらいの馬鹿でかいヤモリがいた。私の手のひらよりもでかい。もやもやと湧き上がった不安は、その馬鹿でかいヤモリに一瞬で集約された。

このヤモリ、でかいだけあって動作がのろいけど、私が寝入ったらいきなり超高速で動いて、私の足や顔を齧《かじ》るのではなかろうか。このヤモリ、ヤモリに見えるけどじつは違う生物で、猛毒を持っているのではなかろうか。目を閉じて、次に目を開けたとき、天井はびっしりと巨大ヤモリで埋まっているのではなかろうか。ざわざわととめどなくあふれる不安の具体的内容は、すべてヤモリ問題である。こうなるともう、自然と不安が湧き上がってくるのか、それとも不安がりたくて材料をみずから揃えているのか、わからない。

翌朝、目覚めると巨大ヤモリはいなかった。宿屋に併設された食堂で朝食をとっていると、よく眠れたかと宿屋の主人が声をかけてきた。

「眠れなかった。だって、こんなに大きなヤモリがいたんだよ」と言おうとして、「ヤモリ」という英単語を知らず、「トッケー、トッケー」と鳴き真似をしてみせた。その鳴き声を彼が理解しない様子なので、私はノートを取りだし、ヤモリの絵を描いた。「こーんなにおっきなの」と、手でサイズを示し、「だからこわくてぜんっぜん眠れなかった」と、昨夜の不安の原因を彼が作ったかのように私は言った。ノートをじっとのぞきこんでいた彼は、

「ヤモリなんてぜんぜんこわくないよ、おとなしいから」

と、真顔で言った。ヤモリじゃないんだ。ヤモリがいたからこわくなったんじゃなくて、不安なところにヤモリがいたからこわくなったんだ。と思ったが、そんな説明はこの人には意味不明だろうと思った。この人ってきっと、唐突な不安に苛まれて眠れなくなるなんてこと、今まで一度もなく、これからも一度も経験しないんだろうなあと、私はまぶしいものを見るように彼を眺めた。

月の砂漠

モロッコには砂漠ツアーというものがある。私もそれに参加したくなって、砂漠ツアー発着所のひとつ、ザゴラというちいさな町に向かった。

ザゴラはこぢんまりとした田舎町だ。毎週決まった曜日に立つ市では、生活雑貨や野菜などとともに、らくだや山羊《やぎ》などの動物も売買される。買った山羊を首に巻くように担いで帰る男の人や、馬車に乗った人を見かけると、モロッコ最大の都市カサブランカと同じ時代とはとても思えない。

このザゴラで数日過ごした後、砂漠ツアーを申しこみにいった。もし申しこみ客が私だけだったら、ひとりで砂漠に泊まるのだろうか……と不安を抱いていたのだが、そんなことはなく、若い夫婦とひとり旅の男の子がすでに申しこんでいた。しかも運のいいことに、ひとり旅の男の子は日本人だった。新婚らしい夫婦プラス私ひとりではいかにも邪魔ものだし、ひとり旅の子がフランス語や中国語しか話せなかったら苦しいところだった。

翌日の昼過ぎ、ツアー客を乗せたジープは砂漠に向けて出発した。運転手さん、ガイドの青年、客はコロンビアの若い夫婦、スペインからモロッコにやってきたというひとり旅のSくん、そして私である。途中でもう一台のジープが合流した。そのジープに乗っていたイギリスの老夫婦、計六人の砂漠ツアーである。

ザゴラを出、途中、ちいさな村をいくつか通り過ぎ、やがて人工物はいっさいなくなる。フロントガラスに広がるのは、真っ茶色の大地、無秩序に散らばった大小の岩、そして乾燥した低木。砂漠というと、一面の砂を思い描いてしまうが、砂だけの砂漠の面積はそんなに広くないらしい。たしかに、岩や低木でけっこうごつごつとした砂漠が延々と続く。

途中、緑の木々がふいに出現するとそこがオアシスである。オアシスの周囲には必ず民家や天幕式住居がある。細く川が流れ、池のような水場近くにはらくだがつながれ、羊や山羊が日陰で休んでいる。この水場にシャンプーをしている欧米人の中年夫婦がいた。服を着たまま髪を泡立て、たがいに水をかけ合って泡を流している。シャンプーを終えた夫婦に、砂漠ツアーですかと訊《き》くと、なんと彼らは一カ月かけてらくだで砂漠をまわっているという。信じられないが、そういうツアーもあるらしい。少し離れた木陰には、三頭のらくだがつながれ、ガイドらしき男性が昼寝をしている。一ヵ月ツアーがあると聞いたときは、いったいどこのだれがそんなものに参加するのかと思ったが、まさに目の前にそんな人たちがいるのである。しかもどう見てもこの夫婦、五十代か六十代に見える。地球上にはいろんな人がいるものだ、としみじみと感動した。

オアシスを出、人工物のいっさいない砂漠をさらに進んでいく。日暮れ近くになってようやく、石も低木もない、まさに「砂漠」というイメージそのものの場所があらわれ、ジープは停まった。

なだらかな傾斜を描きながら連なる砂の大地。まるで絵画のように美しい。陽がゆっくりと落ちていき、砂漠全体に深い陰影が落ちる。いちばん高い場所まで歩いていくと、遥《はる》か下まで続く、自分の長い長い影ができる。

ガイドの青年と運転手二名はジープのわきにテントを設置し、夕飯の支度をしている。ひととおり砂漠を歩いてから彼らの元にいくと、ガイドの青年が手招きをする。何？　何か手伝うことある？　と訊くと、ジープの陰で彼は「きみの瞳《ひとみ》は美しい」と唐突に言った。はあ？　そんな大仰なせりふを吐くわりには、彼はどこかしらっとした顔つきで、ああ、この人ぜんっぜんそんなこと思ってない、とわかる。

「きみの瞳は本当に美しい。ねえ、あとで二人でゆっくり話したいんだ。夕飯が終わったら二人きりの時間を作ってほしい」と、しらっとした顔つきのまま、言う。

イスラム教は男女交際に厳しい。結婚前の男女が手をつないで歩くなんて、許されることではない。だからモロッコの、多くの若者は、女の子と自由に遊べないという鬱屈《うっくつ》を抱いている。それで彼らは外国人の女の子と見るや、ともかくだれでもなんでもいいから口説いてみる。外国人はたいていの場合イスラム教徒ではないから、彼女たちと遊んでも戒律には背かないと考えているらしい。この青年も、「ま、あわよくばいい思いができるかもしんないねー」というくらいの気持ちで、こういうことを言うのであろう。「そんなのいやだ、私は二人で話したくない」と答え、運転手たちの調理を手伝いにいった。

ゆっくりと蓋《ふた》が閉まるように夜になり、夕飯になった。砂漠に大判の布地を広げ、タジン(肉と野菜の入ったシチュウのようなもの)とパン、サラダに水が並べられる。イギリス人夫婦、コロンビア人夫婦、Sくんと私、ガイドの青年と運転手二名での夕食になった。明かりはカンテラのみ。私たちは食事をしながら、スペイン語、英語、日本語、アラビア語の入り交じった会話をし、なぜかわからない言葉も理解できたような気になって、みんなでげらげら笑い合った。夜のなかには見渡すかぎりだれもおらず、まるで地球に取り残された数人のようであるのに、にぎやかな夕食だった。ガイドの青年の誘いなどすっかり忘れていたのだが、食事を終えるころになって、彼はまたしても私の隣にやってきて、耳打ちする。「きみみたいにきれいな人は見たことがない、ねえ、静かなところにいってお話ししようよ」と、きれいな人なんてちーっとも思っていない顔で。

「あのね、私、結婚しているの」と、当時未婚だった私は嘘をついた。「それでね、結婚している女が、夫でない男と暗がりで二人きりになったりすると、ハラキリして詫《わ》びなきゃいけないの。知ってる？　ハラキリ」そう言って、タジンを食べていたフォークで腹をかっさばくまねをしてみせた。異国の人はどういうわけだか、芸者と腹切りはたいてい知っているのである。とんでもない嘘だが、彼だって「瞳が美しい」だの「こんなきれいな人見たことない」だの、あからさまな嘘をへらへら言っているのだからおあいこなのだ。

「あ、そ、そうなんだ、ふーん、たいへんな国なんだね……」嘘を本気にしたのか、私の頭がおかしいと思ったのか、ともあれ彼はそそくさと私の隣を離れてくれた。

　さてその夜。みんなでテントで眠るのかと思ったら、そうではなかった。ひとりずつ、マットレスとシーツ、毛布を手渡され、「どこでも好きなところで寝て」と言われるのである。げっ、と思ったのは私のみらしく、みな嬉々《きき》として布団セットを受け取り、「おやすみなさーい」とてんでんばらばらな方向に向かっていく。ガイドの青年が訪問してくるのでは、とまだ不安だった私は、日本人旅行者であるSくんに、近くで眠らせてくれるよう頼んで彼についていった。

砂漠の真ん中に布団を敷き、シーツをかけ、横になる。満天の星。今まで見たどんな夜空より、大量の星が見える。星で埋め尽くされた空は、イメージでは美しいけれど、私はさほど美しいと思わない。大量のガラスが粉々に割れ、その破片が散らかっているように思えてしまうのだ。それにしても馬鹿でかい空。天の川も見える。す、と流れる星もある。夜空がそのまま布団のようである。しんとしている。地球にいるのではないみたいだった。

いつの間にか眠ったようである。目を開けると、まだ暗い空が目に入った。ああ、私、砂漠で寝ていたんだ。そう思って地平線のあたりに視線を移し、ぎょっとして目を凝らした。遥か彼方《かなた》の地平線近くの一カ所が、橙色《だいだいいろ》にまるく光っているのである。「ええっ」声にならない声をあげ、私は上半身を起こしてさらに目を凝らした。どう見たってUFOである。いや、まさか、と思いはするが、しかし橙色の強烈な光は、UFOにしか思えない。だいたいこんな何もない砂漠に、あんな強烈な光があるはずない。私は口をぽかんと開けたまま、その場に立ち上がった。どうしよう、本当の本当にＵＦＯだ。私は今、生まれてはじめて、こんなにはっきりと未確認飛行物体を見てしまっている！　そばで眠っているＳくんを起こすべきだろうか、私は布団から出て、遠くの光を見つめたまうろうろとその場を歩きまわった。裸足《はだし》の足の裏で砂がひんやりと冷たい。そうだ、起こそう、だってあんなにはっきりとＵＦＯが出現しているんだから！

しかしＳくんを起こす直前に、光がゆっくりと動いていることに気づいた。それは月だった。見たこともないくらい巨大な、見たこともないくらいまばゆい光の月だった。月は、砂漠の端っこからゆっくりゆっくりと空に昇っているのだった。「なーんだ、月か」つぶやいて布団に戻ったが、まだ心臓がどきどきしていた。それはＵＦＯではなく見慣れたはずの月だったが、生まれ出たばかりのような馬鹿でかい月から、目を離すことができなかった。美しいとか、神秘的とか、そんな言葉はいっさい思いつかず、私は未知なるものを見るように月を見ていた。月はあらかじめ決められた道を通るように、橙色の光を放ちながら空を這《は》い上がってきた。みんな砂漠のどこかで寝ていた。ガイドの青年も、若い夫婦も老いた夫婦も。私だけがその異様な月を、息を殺してずっと見ていた。

暇と求婚

ネパールは、ほかに旅したどんなところとも違った。人にたとえるなら、マイペースが過ぎて風変わりの域に達している人、という感じである。もちろんこれは単なる私感で、そんなふうに思わない旅人だっていっぱいいるだろうけれど。

観光客がたくさんいて、観光客向けの食堂やみやげ物屋が軒を連ねているのに、ことごとく観光地っぽくない。垢抜《あかぬ》けていないし、すれてもいない。人が大勢いてわさわさしているのに、なぜか静か。町が、観光客や住人たちのペースに、頑として巻きこまれないような印象がある。

ネパールの旅は、今思い出しても圧倒的に暇だった。いってみたい場所はたくさんあったし、実際そういうところを訪ねてまわった。日本人旅行者の友だちができて、よくいっしょにごはんを食べにいった。それなのに、旅しているときも「なんて暇な旅だろう」と思っており、今ふりかえっても、暇な旅の自己トップスリーに確実に入る。もしかしたら、私自身があの場所のマイペースに巻きこまれていたのかもしれない。

カトマンズで数日過ごしたあと、ポカラに移動した。カトマンズもポカラも暇だった。暇だったから、本ばかり読んでいた。読む本がなくなると、古本屋にいって新たに本を購入して読んだ。

本はいつも四、五冊持っていく。ネパールに持っていった本には金子《かねこ》光晴《みつはる》があった。持参した本も、古本屋で買った本も読み終えてしまうと、くりかえし金子光晴を開いた。『どくろ杯』と『マレー蘭印《らんいん》紀行』である。

私はそれらの本を読みながら、過去の町を旅することはぜったいにできないのだなと、そんな当たり前のことを実感していた。金子光晴が鮮やかに描き出すマレーシアやシンガポールを読むうち、私は焦がれるようにその地を旅したくなったのである。マレーシアやシンガポールならば、以前に旅したことはある。けれど金子光晴の見たその場所へは、どうしたっていくことができない。

やむなく私は、目の前の光景と、金子光晴が見た景色を、重ねようとした。木々の緑や土埃《つちぼこり》や、屋根だけのチャイ屋や遠く霞《かす》む山を、一九二〇年代後半から三〇年代前半にかけてのマレーシア、シンガポールと思って眺める。そうすると、それらは次第にうまいこと溶け合って、はるか過去を旅している気分になった。何を見ても気持ちが震えた。暇な旅だからこそできた妄想トリップである。

カトマンズでもポカラでも、しょっちゅう停電があった。食堂でモモを食べているとぱちんと店内が暗くなる。部屋で歯を磨いていると突然真っ暗になる。すぐつく場合もあれば、なかなか復旧しないこともあった。不便なことこの上ないが、一九二〇年代を旅しているつもりの私は、妄想に拍車がかかってわくわくとうれしかった。

カトマンズでもポカラでも、ゲストハウスが多すぎて、通りを歩いていると必ず宿の客引きに声をかけられた。今、いくらの宿に泊まっているんだ？　と彼らは訊《き》く。七ドル、と答えると、五ドルにしてやるからうちに移れ、と言う。こんなふうに宿を移り歩いて、結局私は四ドルの宿にいきついた。宿インフレなのだろう、四ドルの宿でも、ごくふつうの部屋だった。ベッドにはマットレスもシーツもあったし、部屋にはシャワーがついていて、天窓まであった。古びた机の引き出しに、藁《わら》半紙《ばんし》に包まれたガンジャが入ったままになっているのがちょっといやな感じだった程度である。

ポカラからカトマンズに帰り、前に泊まっていた宿にまたチェックインした。こ宿の一階にほとんどいつも客のいないレストランがあって、出かけるにはまだ早い朝や、夕食前の時間を、私はここでつぶしていた。

あるとき珍しく、レストランに数人の客がいた。全員若い男。私が入っていくと、じろじろと見、お茶を飲みはじめると、最初は遠慮がちに、だんだん無遠慮に話しかけてきた。ひとり英語を話せる男の子がいて、彼がみんなの言葉を代表して訳す。どこの国の人？　カトマンズではどこにいった？　何を食べた？　最初はそんな話だったのだが、いよいよ私のテーブルに全員がつき、リラックスして話し出すと、

「このなかのだれかと結婚する気、ない？」と言い出す。

「はあ？」と訊くと、彼は悪びれることなく、話しはじめた。

「日本人ってお金持ちだろ。きみたちが一年間働いて稼ぐお金で、こっちでは一生遊んで暮らせるんだよ。ぼくの友だちが日本人の女の人と結婚して、この近くにゲストハウス建てたんだけど、その費用だってぜんぶ彼女が出したんだ」

なるほど。逆玉の輿《こし》を狙っているってわけか。私はお金持ちではないし、ふつうの人が一年で稼げるお金すら稼げない（そのときは本当に仕事があまりなかった）、だから結婚しても無駄だよ、と言ったが、彼らはわいわいと話し続け、「どこそこでも奥さんが日本人で……家を新築して……」などと、日本人女は金持ち説を切々

と訴える。まるで都市伝説のようだ。

いやいや私貧乏だから、とくりかえすのが面倒になって、「ごはん食べにいきます。それではまた」と席を立つと、英語の話せる彼が、「ごはんなら、こいつが連れていってやる」と、仲間内のひとりを立たせた。もっとも顔立ちの濃い、一般的にはハンサムな青年だった。

「こいつ、俳優なんだ。テレビに出てるんだよ。こいつがあなたをおいしいレストランに連れていくよ」と彼は言い、その濃いハンサムもうなずいている。濃いハンサムは決して好みではなかったが、送り出されるまま濃いハンサムについていった。暇だったのだ。

濃いハンサムは、ちいさな日本食レストランに私を連れていった。私と彼は向き合って座ったが、彼は英語をしゃべれず、私はネパール語を解さないので、話すこともなかった。お見合いみたいにうつむいたり、店内のテレビを眺めたりしていた。コロッケ定食を食べていると、彼がテレビを指さして何か言う。テレビを見ると画面のなかに彼がいた。何かのコマーシャルだった。「あら、あなたじゃないの。すごいじゃないの」と言うと、照れくさそうに笑った。

濃いハンサムと私は会話のないままレストランを出た。宿に戻るとまださっきの男たちがいて、二人で並べ、写真を撮ってやると言う。二人で並ぶと、肩を組め、と言う。濃いハンサムはおずおずと私の肩に手をかけた。私のカメラで、英語の話せる彼が写真を撮った。

「もう寝ます。おやすみなさい」と頭を下げると、逆玉の輿の話はもうだれもせず、みんなにこにこと手をふった。町もだが、町の人もマイペースなのである。

部屋に戻り、へんな夜だったと思いながら金子光晴をまた読んだ。一瞬にして言葉が見せる光景に魅せられ、濃いハンサムとの奇妙な食事は遠ざかる。本を読みふけっていると、またしても部屋の電気がぱちんと消えた。本から顔を上げる。電気が消えたのに部屋はほの明るい。上を向くと、斜めについた天窓いっぱいに星空が見えた。ぎょっとするくらいの星だった。私はしばらく四角い星空に見入った。金子光晴もこんなふうに星空を見上げていただろうと、確信のように思った。私はとうに亡くなった詩人とおんなじ星空を見ているのだと思った。

部屋の戸がノックされ、宿のスタッフが蠟燭《ろうそく》を手渡して去っていった。蠟燭の明かりで本を読み続けた。

あのときは気づかなかった。圧倒的に暇だった私のあの旅も、金子光晴のマレー蘭印と同じく、この先どうしたって二度とくりかえすことのできないものであり、二度といくことのかなわない場所なのだと。

ネパールの旅から十年近くたって、ときどき思い出す。金持ち日本人女を娶《めと》ることを夢見る男の子たち、テレビに出ていた濃いハンサムとの不思議な食事、それから窓にへばりついた星空と、揺れる蠟燭の明かり。二度と旅することのできない場所と、二度と会うことのない、名前も知らない人のこと。

まるごと夜

旅先を決めたら、ほとんどなんの予習もせずに出かけるので、毎回その地に着いて驚くことになる。えっ、こんなに暑いの、とか、えっ、こんなに都会なの、とか、えっ、ここの人たちスペイン語しゃべるの、とか、あまりにも無知な驚きである。

そのなかでもっとも驚いたのが、モンゴルだった。モンゴルを旅する際、私はいつものとおりひとり旅をする予定だった。ウランバートルに数泊し、のち、バスか列車で移動して田舎をまわるつもりだった。ところが航空券を買いにいったチケット屋で、そんな私のいい加減な日程を聞いたスタッフは、「ぜったい無理」と言う。「ウランバートルはもちろん可能ですが、田舎をひとりでまわるというのはまず不可能でしょう」と言い、田舎の部分だけ、手配旅行を勧める。つまり二泊三日なり三泊四日なりで、運転手とガイドを雇い、田舎をまわってもらうべきだ、と言うのである。

でも、ひとり旅なのに運転手とガイドを雇うなんて大げさじゃないのかなあと思い、断ったのだが、「無理無理無理無理」と、スタッフは断固譲らない。押し切られる格好で、言われるとおりウランバートルは個人旅行、それ以外は三泊四日の手配旅行をお願いした。ふだんはホテルなど決めていかないのだが、これまたスタッフの熱心な勧めで、三泊四日は観光用ゲルの予約をした。ゲルというのは大きなテントのような遊牧民族の住まいで、観光客が泊まれる宿仕様のゲルもある。

さらにスタッフは、「この手配旅行にサービスで乗馬をつけられますが、つけますか」と訊く。乗馬なんてできないし、やりたくないよ、いいです、と断ると、「うーん、一応入れておいたらどうですか？　かなり暇だと思うんで……。いやだったらその場で断ってもいいんだし」と、また勧めてくる。もうなんでもいいや、という気持ちになってきた私は、乗馬のオプションもつけてもらった。

あの人、無理を連発したりして、うまいこと私をかついだのではないか。ただの売り込み上手な人だったんじゃないか。

そんな疑いを持ったまま旅立ち、ウランバートルの滞在中もその疑いは消えなかった。だって、ウランバートルはけっこうな都会だったし、言葉が通じない場所がほとんどだが、それでも食事も買いものも宿泊もなんとかなるのだから。

そして手配旅行の初日、運転手さんとガイドさんが私の泊まっているホテルまで迎えにきた。ガイドさんはまだ若い女の子で、チャーミングな日本語を使う。運転手さんは無口な、渋い中年男性。三人で四輪駆動に乗りこみ、出発した。

ウランバートルの中心街を抜け、郊外を走りはじめたとたん、私はすべてを理解した。あの無理連発スタッフに、心の奥底から感謝した。疑ってごめんなさいと土下座してあやまりたくなった。

ウランバートルを離れた時点で、周囲にはもう、なあーんにもないのである。店も民家も、バス停も鉄道駅も、木も植物も、ゴミや電線といったものすらも。舗装道路が一本のびているのみで、あとは全部大地。草が生えていたりいなかったり、石が転がっていたりいなかったりする、大地。大地と空。走っていると、ときどき、遠くにゲルが見える。それから、円錐《えんすい》形に石を積み上げたオボーというものが点在している。それだけ。

ちなみにこのオボー、道祖神のようなものらしい。あるオボーのところで車を止め、ガイドさんがお祈りのしかたを教えてくれた。石を円錐に向かって投げながら、右まわりに三回歩き、お願いごとをするのだそうだ。ガイドさんについて私も三回まわった。

車に戻って再度出発。走っても走っても何もない。地平線がずっと見える。なんの目印があるのかまったくわからないが、ある地点で運転手さんは舗装道路をそれ、なんにもない大地に車を走らせた。かなり走ったあとで突然車を止め、地図を取りだしガイドさんと何か相談している。

「どうしたの」とガイドさんに訊《き》くと、道に迷ったのだそうだ。

そりゃ迷うだろう！　だって目印になるものはなんにもないのだから。それにしても、こんなに何もないところで地図がいったいなんの役に立つのだろう……と不安に思っていると、やはり地図は役に立たなかったらしく、遠くに見えるゲルに向けて車を走らせ、運転手さんはそこの住人に正しい道を訊いていた。

住人の飼っている犬が突然の闖入《ちんにゅう》者に向けて激しく吠《ほ》えたて、ゲルからは羊肉の強いにおいがし、住人と運転手さんはずいぶん長いあいだ言葉を交わしていた。私、こんなところをどうやってひとり旅するつもりだったんだろうと、大地と、ゲルと、吠えやまない犬を見つめてぼんやり考えた。

その後、無事に着いたゲルは、まさに観光用のゲルで、広大な敷地に十数個もゲルが並び、敷地内には食堂も、トイレ用の建物もシャワー専用の建物もある。着いたはいいものの、することがない。周辺を歩いてみたが、大地しかないので、歩いても歩いても景色が変わらない。ここであと三日、いったい何をしたらいいのだろうと私は真剣に悩んだ。翌日は乗馬の日だった。一時間かそこいらだし、馬に乗りたい気持ちなどさらさらなかったのだが、しかすることがあるだけでありがたかった。またしても例のスタッフに胸の内で感謝した。

さらに翌日は、運転手さんが古都ハラホリン（カラコルム）に車で連れていってくれた。この周辺にはエルデニ・ゾーというラマ教寺院もある。広大な敷地のなかには、現在もラマ僧が修行をしている現役の寺院もある。見学にいったらちょうどお祈りの最中だった。えんじ色の衣を着た若い僧が大勢祈っている。何もない場所に、ごくふつうに修行僧がいるのが、なんだか幻のようだった。

帰り道、運転手さんは道路沿いで売られていた馬乳酒を大量に買った。その日の夕ごはんのあと、ゲルの外にテーブルと椅子を出し、ガイドさんと運転手さんと私、三人で杯を重ね続けた。カルピスサワーとマッコリを混ぜて素朴にしたような味の馬乳酒は、いくらでも飲めた。地平線の向こうに太陽が沈んでいき、空がゆっくりと青く染まり、その青がどんどん濃くなるのを、酒を飲みながら眺めた。青が黒に変わる前に酒はなくなり、私たちはテーブルを片づけて部屋に戻った。

その日の深夜、酒を飲み過ぎたためか、トイレにいきたくなって目覚めた。ゲルを出、トイレを目指して歩き、ふと立ち止まり、あたりに目を凝らした。目の前に広がっている光景は、私のまったく知らない世界だった。夜は黒ではなくて灰色だった。灰色のなか、ただ大地が広がっている。何もない。人工物も、そうでないものも、大地以外は何ひとつない。かたまりの夜のなかに立っているようだった。ゲルすら見あたらないのに、遥《はる》か彼方《かなた》から、犬の遠吠えが聞こえた。灰色の空を雲がゆっくりと這《は》い、半月を拭《ぬぐ》うようにして流れていく。

背後にはゲルがあるが、目の前には何もなく、人の気配もない。地球にただひとり置いていかれたみたいだと思った。不思議とさみしくはなかった。すごいような気持ちだった。夜、というものが、単なる時間の経過ではなくて、生きもののように感じられた。その生きものと向き合って私はひとりで立っているのだった。

トイレにいきたかったことも忘れて、私は何にも飾られていない夜に見入った。はるか彼方まで続く剝《む》き出しの大地に、自分の家から見える新宿の高層ビル群を重ねてみた。あの高層ビル群も、もともとはこんなふうに何もないところに建ったのだなと思うと、なんだか気が遠くなった。ビルの林立する町にも、人工物のまるでない大地にも、ひとしく夜は降りてくる。

トイレをすませ、部屋に戻った。ガイドの女の子はぐっすり眠っていた。ベッドに横たわりながら、トイレにいかなければあのすごい夜は見られなかったんだなと思った。なんにもないまるごとの夜を、所有することはできなかったんだなと思った。あの夜は、今も私の内にある。

男を守る

国境というものに慣れていない。そういうものがあると当然知ってはいる。けれど陸続きだったり、フェリーで一時間程度の国境だと、どうも感覚として「国境を越えたなあ」とわかりづらい。徒歩で数分、バスで数十分、フェリーで一時間程度移動しただけなのに、貨幣がかわる、言葉がかわる、時間がかわるということが、頭でわかっても体ではわからない。

モロッコを旅したとき、二週間強でモロッコ的なものに飽きて、単なる思いつきでポルトガルまで移動した。タンジェからスペインのアルヘシラスを経て、ポルトガルの国境の町ヴィラ・レアル・デ・サント・アントニオへいき、そこからファーロという海沿いの町まで。

ポルトガルできんきんに冷えたビールやアラブのパンではないふわふわパン、豚肉料理や米の飯（それらはモロッコではめったにお目にかかれない）をほんの数日堪能《たんのう》し、またしてもスペインを通過してモロッコへ戻ってきた。

アルヘシラスからタンジェいきのフェリーに乗ったのが夕方六時ごろ。時差があるのでタンジェに着くのもやっぱり夕方六時。それから宿をさがしてごはんを食べればばっちりだな、と、めずらしく順調にいった自分の計画にほれぼれしながら、甲板で赤から紺に染まっていく雲を眺めていた。

モロッコにいくんですか、と声をかけられて空から顔を下ろすと、目の前に、金髪長身の青年が立っている。見るからにもの静かそうな青年である。フェリーが港に着くまでのあいだ、私たちはしばらく言葉を交わした。彼はスウェーデン人で、スペインを旅し、これからモロッコを旅する予定だと、見かけ通りの静かな口調で話した。おたがい片言の英語だから、ゆっくりゆっくりの会話になり、相手が言わんとすることがわかりやすく通じた。それにしてもこの男の子、どこかの王子さまかと思うくらい、物腰が柔らかく上品で、ぱんと背中を叩《たた》いたらそのままばったり倒れそうな雰囲気である。馬鹿でかいバックパックを背負っているが、そんなものより花束でも抱えていたほうがよほど似合いそうである。

一時間後、フェリーがタンジェの港に入るころには、時刻は変わらないはずなのに日暮れていた。イミグレーションは混んでいて時間がかかり、入国スタンプをもらって外にでると六時半を過ぎている。まだ宵の口だけれど、すでに町なかは暗い。できるだけ早くホテルを見つけチェックインしたかった。

「ホテル、どこかいいところを知っている？」背後から声をかけられ、ああそうだ、この子がいたんだと思い出した。二人、しかも青年と二人ならば暗くたってちっともこわくない。

私は彼に、ポルトガルに旅立つ前まで泊まっていた宿が近くにあると説明し、

「もし宿が決まっていないならいっしょにいきましょう」と誘ってみた。いく、と彼。私たちは並んで歩き出した。

港は閑散を通り越して殺伐としていた。あんなに大勢いた乗客たちは、とうに姿を消している。ところどころに橙色《だいだいいろ》の街灯がついているが、それがさらにわびしさを強調している。

ひとりじゃないからだいじょうぶ。隣を歩くのは、非常におとなしそうな、蚊ですら殺せないような人に見えるが、それでも男の子なのだからだいじょうぶ。自分にそう言い聞かせ、ぼんやりと橙色の広がる夜の港を歩いた。王子さまのような男の子は、もの静かなほほえみを口元に浮かべたまま、猫のように私についてくる。

タンジェは、モロッコのほかの町とは異なり、どこか退廃的で、すさんだ雰囲気

がある。国境の町というのは、たしかにどこも荒くれたようなところがある。ポルトガルに旅立つ前、数日滞在していたが、そのうらぶれた感じを警戒し、夜にひとりで出歩いたりはしなかった。

港のゲートを出る。すぐにメディナの城壁が続いている。メディナに入り、坂を上がっていちばん奥までいけば、ホテルがある。メディナにはまだ開いている店はあるが、昼間の喧噪《けんそう》と比べるとひっそりとしていて、全体的に暗い。さあ、ホテルはこっちだよ、と男の子に告げたとき、暗闇からぬっと男があらわれた。

「ホテル決まってるか、いいところ知ってるから、こいよ」というようなことを、私たちの前に立ちはだかって、言う。酔っぱらっているようである。上半身がぐらついているし、ろれつもあんまりまわっていない。モロッコ人なのに酔っぱらっているというだけで悪い人に思える。厳格なイスラム教徒は酒は飲まない。多少飲んでしまったりする教徒も、往来で堂々と酔っぱらったりしない。いいの、ホテルは決まってるんです。そう言って彼のわきをすり抜けようとするが、通せんぼをするみたいにゆく手を阻む。「なあ、ホテル連れてってやる、安くていいホテル」しつこく言い募っては迫ってくる。なんかこの男、やばい。ただのホテルの客引きじゃない。私の勘が咄嗟《とっさ》に告げる。

ああ、夜。と私はあらためて落胆した。もっと早く、明るいうちに到着するフェリーに乗ればよかった。そうすればこんな男にからまれなかっただろうに。

そのとき私は、さっき「男の子といっしょだからだいじょうぶ」と思ったはずなのだが、なぜか急に、後ろにぬぼっと突っ立っているこの王子さまみたいな男の子を、モロッコにはじめて足を踏み入れた彼を、何がなんでも守らなければならないと強く思った。

なあ、ホテル、ホテルとなおもゆく手を阻み続ける男を、だから、私は突き飛ばしたのである。「どいてよ、邪魔でしょ、ホテルはもう決まってるんだってば」と、日本語で言いながら。男は酔っぱらっているため、ちょっと突き飛ばしただけでよろよろとよろけ、なんだこのアマ、のような（たぶん）ことを言いながら体勢を立てなおし、形相を変えて私の脚を蹴《け》ってくるではないか。「ちょっと！」私は大声で騒いだ。なんかすごくまずい、まずい事態になっていると体の奥底で警笛が鳴りはじめる。ともかくだれかを呼ばなければ。通行人に集まってもらわなくては。「ちょっと！　この男！　この男、今私を蹴りました！　か弱い旅行者を蹴ったわ！　信じらんない！」オール日本語である。数少ない通行人が、私の思惑通りちらほらと集まってくる。ああ助かった。自分から手を出したくせに、まったくの被害者であるかのように私は騒ぎ続け、通行人のひとりが「どうした」と酔っぱらいに話しかけた隙に、私の後ろに突っ立ったままの男の子の手首を握って酔っぱらいのわきを走り抜けた。酔っぱらいは追ってこなかった。

「助かったね」と男の子に言うと、彼は今まで花でも摘んでいたかのようににっこりとほほえんだ。私の奮闘を背後で見ていた男の子は、どうやら今の状況が危険だともやばいとも、ちっとも思っていないようであると、その表情を見て理解した。

「うーん、モロッコだなあ」なんて思っている程度なのだろう。私、旅先ではじめて人を突き飛ばしたのに。脚が震えて心臓がばくばくしていたのに。しかも、蹴られたのに！

ようやくホテルにたどり着き、私たちはチェックインを済ませた。「グッイーブニーン、グッボーイ、グッガール」陽気なフロントマンが鍵《かぎ》を渡してくれると、男の子は私を見て「うふふ」と笑った。それぞれの部屋に向かう途中、

「よかったら夕食をいっしょに食べない？」と、しずしずと彼が言った。

「でも私、もう町にいきたくない。こわいし」私はぐったりして言った。

「それならホテルのバーで、飲みながら何か食べない？」と、たおやかな笑みで彼は言う。

私はバックパックを背負った王子さまを数秒見つめ、

「ごめん、やめておく。疲れたし、眠りたい」と言った。私も酒は飲みたかったが、彼といっしょにいると妙な感じに疲れることに気づいていた。

「わかったよ。じゃあ明日《あした》、ぼくはホテルのレストランで朝ごはんを食べるから、もしよかったら顔を出してよ。いっしょに朝ごはん食べようよ」

うんわかった、と言って私は彼に手をふり、自分の部屋へと向かった。翌朝ももちろん私はホテルのレストランなどいかず、早々とホテルを出て、立ち食いケバブサンド屋で朝食をすませ、ひとりで町をぶらついた。タンジェを出るまでスウェーデン人の王子さまには会わなかった。

この男の子を守ってあげなければならないなんて、世界一愛していたはずの恋人にすら、思ったことはなかったし、それ以降もない。あの、母の愛にも似た正義感はなんだったんだろう。あのか弱そうな王子さまが私に抱かせた感情か、それともタンジェの夜がもたらした情熱だったんだろうか。

食い倒れの夜

二〇〇八年の二月、仕事で香港を訪れた。香港では毎年文学フェスティバルが行われている。全世界から作家が集まり、町の至るところで講演や朗読会やトークショーをするのである。私はこのフェスティバルのことをまったく知らなかったのだが、呼んでもらったので、何もわからないまま出かけていった。

このフェスティバル、日本ではちょっと考えられないくらい、じつにざっくりした企画のもとに行われていた。出発前、私のところに届いたのは、飛行機のチケットと宿のバウチャー、スケジュールのみ。向こうに着いたらだれと連絡をとればいいのか、朗読会などの行われている場所にはだれが案内してくれるのか、そんなこともわからない。旅立つ前日になって、日本語を操る外国人女性から電話があり、「明日空港まで迎えにいきます」と言うのだが、それがだれなのかもよくわからない。

空港に着くと、たしかに金髪の女性が私の名を書いた紙切れを持って、待っていてくれた。電車に乗ってホテルに向かうまでのあいだ、「このフェスティバルの主催者はだれなんですか？」「本部みたいなところはあるんですか？」などと彼女に質問を浴びせたのだが、返ってくる答えは「主催者は、えーと、いろんな企業がスポンサーになってます」「本部はないですが、フリンジクラブという建物に自由に入れます」と、なんだか要領を得ない。かと思うと、彼女、電車のなかのポスターを指し、「この写真を撮ったのは私の彼氏なの。私は香港に住んで四年目で、彼氏とは去年会って……」などと、さして重要とも思えぬことを嬉々《きき》として話し出す。「あなたはこのフェスティバルの主催者側の人なのですか？」と訊《き》くと、「いいえ、私はボランティアで、手伝っているだけです」とのこと。聞けば、ふだんは法律事務所で働いていて、毎年この季節にはフェスティバルの手伝いをするのだと言う。この彼女は私をホテルに案内すると、「じゃあ、私は仕事がありますので、失礼します。困ったことがあったら連絡ください」と笑顔で言い残して去っていった。

ふーむ。ということは、朗読会や講演が行われる場所に、私はひとりで出向いていって、仲介役もないままスケジュールをこなさねばならないのだな、と理解する。

私にとってたいへん幸運なことに、某出版社某編集部の人々五人が、私の香港行きを聞きつけて、それぞれ休暇をとって便乗してくれることになっていた。五人も編集部を留守にしてだいじょうぶなのか？　と思ったが、でも、何がどうなっているのかよくわからないフェスティバルにひとりで参加する不安は、彼らのおかげでだいぶ薄らいだ。

さて、編集者という職業の人々は、食にすさまじい執念を持っている。いや、持っていない編集者だっているだろうけれど、私の知っている大半の編集者は持っている。くわえて、やってくる五人のうちのひとりIさんは、中国の食に詳しく、北京語を操る。香港滞在中の食事の心配は何もいらないと、大船に乗った気持ちで私は彼らと落ち合ったのである。

実際、滞在中、フェスティバルは不安なことばかりだったが、食に関しては大船であった。Iさんを筆頭に、この五人は、この町にいるかぎり一食たりともまずいものを食べまい、とかたく心に誓っているらしく、入念な下調べのもとに食事をしにいく。目当ての飲茶屋《ヤムチャや》が、昼時間混んでいて予約がとれないとわかると、十時半に昼ごはんの予約を入れるのである。私がフェスティバル参加中、町で観光をしていた彼らと、あとで落ち合って「何してた？」と訊くと、「どこそこで粥《かゆ》を食べてた」「どこそこで蝦麵《えびめん》を食べてた」「どこそこで……」と、「食べてた」話題ばかり。

最終日はすさまじかった。この日最後の仕事を終え、待ち合わせ場所にたどり着いた私に、Iさんは宣言した。「今日は三軒まわります」、と。

私はてっきり、食事、バー、軽い夜食込みの梯子《はしご》酒、と考えた。だから「了解ッス！　よろしくお願いします」と我が身をIさんに預けたのである。

最初にいったのは九龍《クーロン》の、今はない九龍城近くの、古びた海鮮料理屋。店の前にずらりと水槽が並び、見たこともないような魚が泳いでいる。ここで思い思いにばんばん注文し、紹興酒《しょうこうしゅ》をざばざば飲みながら食事をした。二軒目がバーだとばかり思っていた私は、おいしいおいしいと貪《むさぼ》り食べた。そして腹をさすりながら店を出た私たちに、Iさんは言うのである。「次の店はラードごはんと内臓肉が有名なんです」

え、ちょっと待って、ちょっと待って、何、ラードごはんって。ようやく私は何か違う、と気づいた。そうなのだ、Iさんの言う三軒とは、みな食堂だった。つまり彼は、今日は三回夕食を食べます（間断なく）、と、宣言していたのだ。

満腹なはずなのに、しかしラードごはんも内臓の炒《いた》めたものもおいしくて、がばがばと食べてしまう。一同が名物料理を食べ終わると、すかさずIさんは立ち上がり、「次にいくのはあひる料理のおいしい店です」と言う。「本当にいくんですか」

と訊くと、「歩いていける距離だから、だいじょうぶです」との答えである。うらむ。

腹の皮がめりめり言うほど苦しいが、しかしきっと、Iさんがおいしいと言うのだからそこのあひるはおいしいのだろう、おいしくてまた私は食べてしまうのだろう、と、うれしいような、悲惨なような心持ちで、ずらずらと歩いていく編集者たちについていった。

残念なことに、なのか、幸運なことに、なのかはわからないが、このあひる料理の店は三十分前に閉店したばかりだった。がっくりと肩を落とし、「順番を間違えた。この店を二軒目にすれば……」とこの世の終わりのように悔やむIさんに、「もう食うなってことですよ、飲みにいきましょうよ」と、私は提案したのである。

最終日なので、高級ホテルのバーでシャンパンで乾杯をした。ホテルの巨大な窓からは対岸の香港島が一望できた。密集する細長い高層ビルがライトアップされ、奥行きがまったく感じられず、まばゆい絵を見ているようである。三軒の食堂を求めて歩きまわった九龍の夜とは、種類がまったく違う。九龍の夜は、猥雑《わいざつ》で、荒っぽくて、人の生きているにおいが生々しくする。香港島の夜は清潔で、人工的で、浮ついたパラダイスのようである。

私が香港を好きな理由は、こういうところにある。まったく表情の違う夜が、隣り合わせで在る。高級ブランドの詰まったビルの隣に、偽物ばかりを売る屋台が出ているのとまったく同じに。どちらをも選ぶことができる、選ぶことを任されている、その感じが好きなのだ。

香港島には蘭桂坊《ランカイフォン》という飲み屋街がある。西欧風のバーやレストランが林立し、ガラス窓から見える客は欧米人ばかり。ほかの国だったら、なんだかいけすかない光景ではあるのだが、香港だと、しっくりなじんでいる。ちょっと嘘くさい幸福感が、ぎょっとするほど細長いビルに埋め尽くされた、現実味を欠いた景色とぴったり似合っている。

九龍の夜も、香港島の夜も、しかしどちらも、人工的に明るい。人間くささと現実味のなさ、その両方を、人はいつも求めているんだなあと思う。人が求めるそのままのものが、二つの夜ににじみ出ているんだなあ、と。

大勢の旅でうれしいのは、食事がにぎやかなこと、遅くまで酒を飲めること、そして、ふらふらと夜に出歩けることである。腹の皮をめりめりいわせながら歩いた九龍の夜も、私はずっと覚えているだろうなと思う。日本にいるときよりよほど生き生きとしていたIさんのうしろ姿と、食べ続けることにまったく躊躇《ちゅうちょ》を見せない編集者たちの姿とともに。

その肝心のフェスティバルであるが、主催者はだれだったのか、最後まで私にはわからなかった。短い香港の旅を思い出すと、だから、仕事をしにいったというよりも、食い倒れにいったというような記憶になっている。そのほうがもちろんしあわせなんだけれど。

天国列車と地獄列車

　夜行列車が好きだ。窓の外がゆっくり夜になっていって、振動を感じながら眠り、目覚めて窓の外がまだ流れている、それだけのことが異様に好きだ。旅のさなか、ある町からある町へ移動するのに、夜行列車という手段があれば迷わずそれを選ぶ。どんなに疲れようと。どんなに面倒だろうと。

　そんなわけだから、私はけっこう夜行列車に乗っている。冷房ががんがんに効きすぎて震えるように眠った列車、とか、営業を終えたスタッフの賄い食事にまじって食堂車で泥酔した列車、とか、薄暗いなか、何を配られたのかわからないままプラスチックの器に入った汁をすすった列車、とか、さまざまな列車に乗りさまざまな夜を過ごした。

　あくまで私基準であるが、天国のような夜行列車にも、地獄のような夜行列車にも乗ったことがある。

天国列車。それは、走る豪華ホテルと呼ばれるオリエンタル・エクスプレスである。といっても私が乗ったのはE&O、タイから出発して三泊四日でシンガポールに着く、イースタン&オリエンタル・エクスプレスだ。じつに高価なこの列車、当然ながら自腹で乗ったのではない。某社の取材で乗せていただいたのである。

この列車にはドレスコードがある。サンダルやジーンズは不可、夕食時には男性はネクタイ着用、女性はドレス着用。ドレスコード、という言葉を、私はこの列車に乗るにあたってはじめて身近で聞いた。列車内には、二つのレストラン・カーがあり、バー・カーとサロン・カーがある。バー・カーはバーの設備だけでなくピアノが置いてあり、サロン・カーには図書館のように雑誌や本、立派なソファセットが置いてある。列車なのに！　最後尾は、屋根だけついたトロッコふうの車両になっており、喫煙者はここで煙草が吸えるし、光景が窓越しではなくダイレクトに見える。

部屋もまたすばらしく、夜にはベッドになる立派なソファ、窓際のテーブルには銀食器に入った果物が置かれ、書き物用のテーブルもあり、トイレといっしょのシャワー室には小洒落《こじゃれ》たアメニティグッズが置かれ、洗面所には生花がポプリ代わりに飾られている。ああ私、ここに住めるなら一生移動し続けていたっていい、と思うくらいの快適な部屋。

　夕食の時間になると、ドレスアップした乗客たちが二つのレストラン・カーに集まる。橙色《だいだいいろ》の明かりがはじけるなか、スタッフがグラスにシャンパンやワインを注ぐ。この人たちの動きが圧巻。列車はときおり大きく揺れるが、しかしワインを注ぐ手を決して止めない。どんなに揺れてもワインをこぼさない。おお、プロ、と思わず手を叩《たた》きたくなるほどみごとに優雅な動きなのだ。

　当初、私は列車内の食事にまったく期待していなかった。だって、いかに走る豪華ホテルだとはいえ、所詮《しょせん》は列車なのだ。列車内の厨房《ちゅうぼう》でできることなど限られているに違いない。しかも、食事前に紹介されたシェフはイギリス人だった。イギリス人のシェフが、タイ―シンガポール間、つまりはアジアの食材で、どんな料理を作れるのだろうという気持ちがあった。

　ところが、である。イギリス人シェフの作る、アジアの食材を巧妙に取り入れたフランス料理は、おいしいと有名なレストランをさらに上まわって、すばらしかったのである。たとえばある日のディナーは、「フォアグラのワンタンと椰子《やし》の実入りトリュフのブイヨンスープ」ではじまり、「牛肉のメダイヨン　四川《しせん》野菜のフリカッセを添えて」のメイン、「蜂蜜《はちみつ》とソムのテリーヌ　果物の砂糖漬け」「プチフール」のデザート、といった具合。フォアグラをワンタンにするところが憎いし、四川野菜のフリカッセがまた、やってくれるじゃないか。がちがちのフレンチでもなく、かといって東南アジアにおもねってもいず、斬新《ざんしん》なアイディアのもと、繊細に作られた料理。列車の厨房を馬鹿にしてごめんなさい、イギリス人シェフを信用せずにごめんなさい、と、ゴブラン織の絨毯《じゅうたん》に額をこすりつけたくなるほど、みごとな料理だった。

そうして食事がすめば、みなバー・カーへ移動する。思い思いのアルコールを手に、ピアノの演奏に聴き入り、アメリカから参加している老夫婦が音楽に合わせて踊り、みんなが手拍子でそれを眺め、あちらこちらで乗客同士の自己紹介がある。どんなに酔っぱらっても部屋ごと走っているから安心。窓の外はいつまでも漆黒で、窓ガラスには着飾って上気した、幸福そうな乗客たちの横顔が映っている。夜更けに部屋に戻れば、ソファはぴしっとベッドメイクされ、シャワーを使えば熱い湯が存分に出る。まさに天国列車であった。

そして私の体験した地獄列車は、ミャンマーのヤンゴンからマンダレーに向かう夜行列車である。ミャンマーでは、私たち外国人は一般のお客さんより高い運賃の切符を買わなければならない。外国人料金が設定されているのだ。この夜行列車の料金も、ホテルや食事の平均価格と比べれば、ずいぶんと高く感じられた。

私の乗った列車は、座席がリクライニングになっていて、夜はそれを倒して眠るようになっている。ところが私の座席はリクライニング機能が壊れていて、寄りかかっただけで倒れてしまい、なおかつ姿勢を変えるたび勝手に起きあがってくる、といった具合に、べこべこべこべこ動くのである。しかし、そんなことはまだいい。

窓の外に民家の密集が見えなくなり、橙色の太陽がどこまでも続く田畑をなめるように沈んでいき、あっという間に夜になる。開け放たれた窓の外にはもう、なんの明かりも見えない。漆黒の夜。乗客たちは窓の向こうの夜など気に留めず、弁当を広げたり、ピーナッツを食らったり、おしゃべりをしたり、寝支度をしたりしている。そうして私は壊れたリクライニングで身をかたくして縮こまっていた。なぜなら開け放たれた窓から、車内の明かり目指してびゅんびゅん虫が入りこんできて、顔や腕や首や、露出した至るところにぶち当たってくるからである。ちいさな羽虫から、蛾から、得体の知れない虫から。まるで暗闇を走る車の、フロントガラスになったような気分である。

虫いやだ、虫いやだ、虫いやだ、と思いながら、ナップザックから長袖《ながそで》シャツを出して着、スカートのなかに両脚をしまいこみ、ハンカチでギャングのように顔を覆って、虫が直接体当たりする確率を低くしたのだが、それでも顔を全部覆い隠すことはできないし、気持ちのいいものでもない。そうこうするうちに夜は更け、談笑していた乗客たちも静かになった。なんでみんな、この虫攻撃をなんとも思わず眠れるんだろう、と不思議に思っていると、ものすごいスピードで足元を何かが走り抜けた。鼠である。しかも、一匹ではない、数匹の鼠が、静まり返った車内を猛ダッシュで行き来しているのだ。虫と鼠！　壊れたリクライニングシートの上で私はさらにさらに縮こまり、朝よこい、朝よこいとひたすら願った。

真夜中、車内が真っ暗になった。飛んでくる虫が一気にいなくなり、鼠の姿も目に入らなくなり、開け放たれた窓の外がぐんと近づいた。ものすごい星空であった。列車が、ガラスを粉々に砕いたような星空のど真ん中を、浮遊しながら走っているように思えた。

車内が明るくないから、もう虫は入ってこないし、鼠が何匹足元を走ろうと目に入らないし、星空はぎょっとするほど近いし、明かりが消えてよかった……と思ったのもつかの間、単に停電だったらしく、またそろそろと車内の明かりは点灯し、その明かりを目指す虫との攻防戦は再開されたのだった。

ヤンゴン―マンダレー間の列車の名誉のために言っておけば、リクライニングシートの壊れたぼろ列車ばかりではないし、虫が入ってこないときもあり、鼠が走らないこともある（帰りに乗った夜行は快適だった）。どのような条件が揃えば、虫・鼠列車になるのか、私にはわからない。

世界は広く、天国のような列車もあれば、地獄だろうかと思いたくなる列車もある。そんな乗客の思いとはまったく関係なく、夜はいつも窓の外に、堂々と広がっている。夜を走る列車に乗るたび、それがどんな列車であれ私は窓の外に目を凝らす。そこにはいつもなんにもなくて、ビルも、人の家も、町の明かりもなんにも見えなくて、ああ移動しているなあ、と思うのだ。昼間の列車もいいけれど、夜の列車の、食堂車のにぎわいや弁当のにおい、窓から入りこむなまあたたかい風やゆっくりと沈んでいく太陽、そして何より窓の外に広がる、町と町の合間の堂々とした夜、それらはやっぱり私にはいつまでも魅力だ。天国のごとき豪華列車でも、鼠の走る列車でも、その魅力はちっともかわらない。

夜と恋

夜を、ただ暗く、こわいものでなくならせるのは、年齢的成長とか慣れではなくて、恋なんじゃないかと思っている。恋をすると夜は眠るための暗闇ではなくなる。恋に思う存分うつつを抜かしていられた二十代のころを思い出して、そう思うのである。

二十代の短い一時期、私はある恋にのめりこんでおり、そういうときのつねとして、精神のたががちょっとはずれていた。相手は、私にはなじみのない町に住んでいて、そうして、私のことなどちっとも好きではなかった。好きではないものの、まあ、暇つぶしに飲んだり話したりするにはちょうどいい、程度には親しくしてくれていた。私はたががはずれていたので、そんなことはどうでもよかった。だから、終電が終わった時間に会おう、とか、飲もう、とか言われると、好かれている・いない問題など深く煮詰めもせず、化粧もせずにすっ飛んでおもてに出、タクシーの空車ランプをさがした。

それまで私が親しくしてきた恋人や友だちは、みな、近所に住んでいた。だから、よる夜中、飲もうということになっても、歩いて目的の店へ向かうか、せいぜい隣町へ自転車を飛ばせばよかった。

都心で飲んで終電を逃したわけでもなく、まったくの素面《しらふ》で、家から知らない町にタクシーで向かう、ということは、だから私にとってはじめてのことだった。私の住まいから、その人の住む町へいくには、都心を通り過ぎなくてはならない。車窓に目を凝らしていると、夜はだんだんにぎやかになっていった。ネオンが増え、開いている店が増え、午前一時を過ぎているというのに、ごくふつうに人が歩いている。私は子どもみたいにそのぴかぴか光る夜に見入った。

そのころ私には定期的な仕事などなく、従って次の日の予定も、深夜にタクシーで遠くの町までいく金銭的余裕もなかった。けれどそんなことは、ちっとも私をおびやかさなかった。明日《あした》の予定がないということは、今日は何時まででも話していられる、ということだったし、数分ごとに上がっていくメーターなど私には見えてもいなかった。

都心を突っ切るタクシーは、必ず東京タワーの間近を通った。東京タワーについて、それまで私は何ひとつ思ったことがなかったのだけれど、夜のなかでこんなにも美しく映えるものだと、この時期はじめて気づいた。ごてごてしているのに嫌みったらしくなく、馬鹿でかいのに繊細で、夜にすっくと建つ東京タワーは本当にみごとだ。そうしていつも、「このくらい大きい」を三まわりくらい上まわって大きい。東京タワーを通過するとき、その光の塔に私は毎回見とれていた。

そんな深夜に知らない町で好きな人と落ち合って、飲み屋にいく。恋人同士ではなかったから、それはけっしてあまやかな時間ではなかった。友だちとそうするように、酒を飲み、ただ馬鹿話をするだけ。それだって私はじゅうぶん満ち足りた。その店を出て、べつの場所にまた飲みにいく。そのころには、私はもう自分がどこを歩いているのかさっぱりわからない。でも、ちっともこわくない。隣にその町を知っている人がいるから、という理由では、きっとないように思う。あるいは、好きな人とともに歩いているからですら、ないと思う。

夜、知らない場所を歩いていてもちっともこわくない。これは恋の特権だと私は思っている。隣を歩く人が私のことをちっとも好きではなくたって、夜はこわくならない。というよりも、もしひとりで歩いていたって、恋のさなかならばこわくないのだ。この感じ、旅先で酔っぱらって歩いているのととてもよく似ていると思う。

酔っぱらっているから見知らぬ場所がこわくない。暗闇がこわくない。襲われるかも、とか、野犬に吠《ほ》えられるかも、とか、ネガティブな要素がいっさい思い浮かばない。ただただ、浮かれた気分で夜をずんずん進む。恋というのは酒のごとく人を浮かれさせるものなのだ。

知らない夜の町を、たとえひとりで置いていかれたとしても、そのころの私はずっと歩いていたかった。飲み屋の明かりや、車のテイルランプや、楕円《だえん》にふくらんだ月やまばらな星や、電信柱までもが、見慣れぬとくべつなものに見えた。そんななかを、意気揚々といつまでも歩いていたかった。

二十代の私の恋は、成就しないまま終わった。最初から最後まで、完全な片思いだった。

その人に最後に会ったとき、それはつまり、ああもう、こりゃだめだと完璧《かんぺき》に諦《あきら》めて家に帰るときだったのだが、それもまた、夜だった。

私は相手に好意を伝えなかったから、相手から何か決別の言葉めいたものを言われたわけではない。ただ、自分のひとり勝手な恋の終わりを悟ったのである。

その日、旅先のように知らない町でまたその人と飲んだくれ、馬鹿話をし、そのさなかに「ああ、こりゃ本当にだめだ」と私は深く納得し、そうして始発電車の近い時間に、いつも通り手をふって別れた。またねー、と私は言ったけれど、私から連絡をしなければもう会わないだろうとわかっていた。そして私は二度と連絡しまいと強く決意していた。

駅までの暗い道を、ひとりで歩いた。やっぱりぜんぜん知らない町、知らない夜だった。恋は終わったというのに、まだこわくは感じなかった。かなしくもなかった。夜に、こんな遠くの町をたったひとりで歩いている自分は、ちょっとエライと思った。鼻歌すらうたいそうになった。

駅に着いた。改札は開いていたけれど、始発電車は二十分近く待たなければならなかった。だれもいないホームのベンチに座って、私は電車を待った。恋、だめだったなあ、と思った。それでも不思議に落ちこまなかった。

ホームの屋根に細長く切り取られた空の紺色が、ゆっくりと薄まっていくのを、私はずっと見ていた。どこかでカラスが鳴いていた。鳴き声が途絶えると、しんとした。たのしかったな、と、ふいに思った。無我夢中で知らない町を目指したこと、軽やかな気持ちで夜を闊歩《かっぽ》したこと、ずっと歩いていたいと思ったこと。恋はかなわなかったけれども、その人とともにいたあいだ、なんだかものすごくきれいなものばかり見ていたような気がした。夜から朝へと変わる空もまた、恋を失ったばかりの私の前で、途方もなくきれいだった。

年齢を重ね、仕事も忙しくなってくると、そんなふうに、深夜だれかに会うためだけに見知らぬ町を目指すなんてことは、不可能になる。可能なのかもしれないけれど、不可能だと思いこんでしまう。会いたいならば明日会えばいい、という分別がつく。二十代の、一晩じゅう起きていたって体力的にも物理的にもへいちゃらだった、あの酔狂は、もう二度とできないだろう。

ひとりで駅に向かって歩き、ホームで夜が朝に変わる瞬間をじっと眺めていたときのことを、ときどき私は思い出す。失恋決定直後の、どちらかといえば最悪の日だったはずなのだけれど、あの光景を思い出すとちょっとたのしい気持ちになる。「よっしゃ私はまだまだだいじょうぶ」と、何がだいじょうぶなんだかわからないながらも思うのである。そう思いたいがために、あの日の光景を思い出すことも、ときおりある。

先だって、知人と約束があり、その知人が送ってくれた地図を片手に見知らぬ町に降り立った。歩いていると、不思議な感覚がある。幾度も夢で見た町のような感じ。方向音痴の私は、地図を持っていてさえ迷い、その見知らぬ町をぐるぐる歩きまわった。歩きまわっているうちに、夕方がゆっくりと夜に変わり、薄闇のなか、はじけるネオンを見上げて目的地をさがしていたら、唐突に気づいた。その町は、二十年近くも前に私が軽々とした気持ちで歩きまわっていたところだったのである。あんまり驚いて、「うわっ」と声が出た。町はだいぶ変わり、記憶と合致する部分などひとつもなかったのにもかかわらず、奇妙な安心感が押し寄せてきた。もし迷っているうちに夜にならなかったら、この町とあの町が同じ場所であると、私は気づかなかったろう。この町では、きっといつだって夜は私の味方なのだ。

まぼろし

ディスコ。ずいぶんなつかしい響きになってしまった。私が大学生だった二十年ほど前は、ディスコはずいぶんはやっていた。新宿や渋谷《しぶや》や六本木《ろっぽんぎ》のディスコに、私もずいぶんいった。踊るのが好きだったわけでもないし、ナンパされたかったからでもない。なんというか、ディスコは当時、ふつうにありすぎて、ちっともとくべつなものではなかったのだ。ボウリング場のような感じだった。ボウリングをものすごく好きなわけでもやりたいわけでもないが、まあ、ちょっといってみるか。そしていってみればいってみたで、まあ、そこそこはたのしい。そんな感じだった。

大学を卒業したころから、ディスコという言葉をあまり聞かなくなって、はたと気づいたら「クラブ」とよく聞くようになった。平板な読み方をする「クラブ」である。ディスコみたいなものなんだろうと理解したが、もう二十代も後半にさしかかりはじめた私は、そういうところにいきたいともいこうとも思わなくなっており、また友人から誘われることもなくなっていた。だから未《いま》だに、「クラブ」がどんなところなのか、ディスコのようなものなのか否か、知らない。

東京に果たして懐古趣味ではない現役のディスコがあるのか否かわからないのだが、不思議なことに、海外にはある。はやっているから林立しているとか、はやりが廃れたからなくなるとか、そういうことはなくて、どんな町にもかならずある。しかも、その国がさほどゆたかではない場合に、ディスコは大盛況だったりする。

私がはじめて異国のディスコにいったのは、バリ島を旅していたときだ。夜、あんまり暇なので、友人と連れだってディスコにいってみた。繁華街にあるそのディスコ、たしかにお洒落《しゃれ》でかっこいいのだが、なかはがらがら、数人の外国人観光客が踊ったり酒を飲んだりしているきり。なーんだ、つまんない、と言い合ってすぐにそこを出てしまった。

知り合いになったバリ人の青年にその話をすると、じゃあ今日、にぎわっているディスコに連れていってあげる、と言う。夜を待って彼と落ち合い、バイクの後ろに乗ってそのディスコを目指した。

繁華街からずいぶん離れた、田んぼと畑以外なんにもないような場所に、巨大な掘っ建て小屋が建っている。ここだよ、と言われ、だまされたのかと一瞬思うが、けれどたしかに、ボムボムと重低音が小屋から響いてくる。

彼とともになかに入ってびっくりした。まっすぐ歩けないほどの超満員。流れているのはアメリカやイギリスのロックではなく、バリのポップスである。大音量のなか、地元の若い男女が体を密着させて踊る踊る。天井は布張り、足元は床ならぬ土。ミラーボールがまわり、紫や赤のライトが点滅している。前日にいったディスコより断然垢抜《あかぬ》けない掘っ建て小屋ディスコが、こんなに大盛況とは。私も若者に交じって踊った。空調設備も万全ではなく、汗がだらだら流れたが、それが気持ちよかった。踊りまくる若い人たちも、みんな汗まみれである。赤や紫のライトに照らし出される顔はみなはち切れんばかりに笑っていた。

え、ここがこんなに混んでいるのか、と驚いたディスコはもうひとつあって、それはモンゴルのウランバートル。これもまた、知り合いになった地元の青年に連れていってもらった。

ウランバートルにディスコがあること自体驚いたのだが、コンサートホールのような立派な建物である。そこも地元の若者でぎゅうぎゅうだった。ウランバートルにはこんなに多くの若者がいたのか、と思うほどである。

こちらはバリとは違って、ずいぶん立派な建物であるが、ディスコというよりは体育館のようである。フロアの周囲にはすり鉢状に座席があり、踊る人たちの荷物がそこここに置かれている。疲れて寝転がっている人もいる。それでもきっと、この町では最先端の遊び場なのだろう。超満員のフロアには、一心不乱に踊り続ける男の子、輪になって踊る女の子たち、たがいを見つめ合って体を動かすカップル、ナンパ目的なのか周囲を見まわしてばかりいる男の子等々。深夜零時を過ぎてもちっとも人が減らない。

前日まで、三百六十度見渡しても何もない田舎町のゲルに泊まっていた私には、こんなに馬鹿でかい建物があり、こんなに大勢が踊っていることが、にわかには信じがたかった。

私が旅先のディスコを好きなのは、そこにいる若い人たちの表情を見るのが好きなんだと思う。

バリのディスコもウランバートルのディスコも、内装や明かりがではなく、そこにいる人たちが醸し出す雰囲気がとてもよく似ていた。それはそのまま、八〇年代の東京のディスコにも共通している。今はまだ自分も自分を取りまく環境も、ゆたかとはけっしていえない、でもこの先、世のなかにはいいことしか起きないはずだし、自分の未来もいいものでないはずがない。むやみにそう信じることで生じるようなパワーに満ちているのだ。

そんなことを、つい先週、中国は長春《ちょうしゅん》のバーでつらつらと考えた。

長春は取材で訪れた。食事のあと、編集者とともにいったバーが、ディスコを彷彿《ほうふつ》とさせるような混み具合だったのである。そのバーは、外資系ホテルの地下にある。フロアを満たしている客は、けれど、観光客でも外資系サラリーマンでもない、めいっぱいお洒落した地元の若者たち。夜が更けるにしたがって、人はどんどん増えていく。毎晩ここで会って仲良くなったのか、離れたテーブルに着く若者同士が手をふりあったり、グラスを手にしてテーブルを移ったりしている。

ディスコを思い出したのは、若者で混んでいるからというだけではない。私がかつてディスコで感じたような熱気と活気が、そのバーをぱんぱんに満たしていたのである。若い人たちは例外なくはち切れんばかりの笑顔。目には見えないけれど、彼らがひとり残らず希望を持っていることがはっきりわかる。若き日の自分が根拠なく信じていたような、この先いいことしか起きない、という自信を、だれも彼もが持っていることがわかるのである。

夜に若い人たちが集まっている場所、盆踊りでも村祭りでも、ディスコでもバーでもいいのだが、その国やその町をよく知ろうと思ったら、そういう場所へ向かうのがいいのではないか。にぎわっているか、閑散としているか。若い人たちが笑っているか、無表情か。

私は自分が若いころ、社会に含まれていないと感じていた。世のなかはだれかべつの人、もっと大人が動かしているんだろうと思っていた。とくに当時はバブル経済期だったから、その恩恵を受けていない私は、疎外感すら抱いていた。でも今思えば、ディスコに「ごくふつうに」いくことで、私も社会に引っかかっていたんだなと思う。笑って踊り、この先いいことばかりなはずと無意識に信じることで、バブル期のまっただなかを生きていたんだなと思う。

零時前ににぎわうバーを出た。ホテルの窓から見下ろす長春の夜は、街灯が極端に少ないせいでひっそりと暗い。デパートやショッピングビルのネオンも消えている。通りには走る車の影もない。ときおり、寒そうに背をまるめて人が歩道を歩いていく。地下のバーのにぎわいを思い出すと、幻のなかにいたように思えた。

そういえば、ウランバートルのディスコの帰り道でも同じことを思ったのだった。連れていってくれた青年とともにディスコを出たのは深夜二時過ぎで、タクシーに乗ったはいいものの、私の財布には小額紙幣しか入っていなかった。「これしかない」と青年に言うと、彼もほとんどお金を持っていないのだった。私たちは少ない所持金で払えるぎりぎりのところでタクシーを降り、延々とホテル目指して歩いた。帰り道の心配も、所持金の有無も、どうでもよくなるくらい惚《ほう》けて踊る。それこそ正しき若さである。そのとき、私はもう若くはなかったけれど、ディスコを満たす若い人たちのエキスを存分に吸収して、すっかり若者気分に戻っていたのだろう。

ウランバートルの夜は暗くて、人も車も見あたらなかった。静まり返っていて、耳の奥には大音量の名残がこびりついていた。さっきまでいたところが、幻のようだ、とあのときも思った。

夜、若い人たちが集まっている場所というのは、たしかに幻なのかもしれない。同等に未来を持った人たちが共同で無意識のうちに作り上げる、それはそれは美しい幻なのかもしれない。

用無しの夜もある

ある程度まとまった期間、ひとりで旅をしていると、いろんな感覚が研ぎ澄まされてくるのがわかる。声をかけてきた人の顔を見ただけで、ふつうの人かよからぬ企《たくら》みを持った人かわかるようになるし、宿なり路地なりが危険かどうかも雰囲気でわかる。おいしい店もなんとなくわかるようになるし、「あ、これやばいかも」と一口食べて思ったものは、案の定、その数時間後激しい腹痛を引き起こしたりする。私たちの内には防御本能という野性が残っているのだと思う。

ツアーではない自由旅行をはじめてしたのは二十四歳のときで、この旅で私は己の野性を発見した。タイ国内を一ヵ月半かけてまわる旅で、バンコクから出発し、北へ南へ島へ移動し、最後の数日、またバンコクに戻ってきた。田舎町から戻ったバンコクは、異様な大都会に見えた。

安宿の林立するカオサン通りに泊まっていたのだが、パッポンという有名な歓楽街があると聞き、そのときともに旅していた恋人と、話のタネにいってみようということになった。

パッポン通りは、観光客相手の衣類や雑貨の屋台が密集した通りで、半裸の女の子たちが踊るゴーゴーバーがひしめいていることでも有名である。けれどこのとき、私たちはそんなことは何ひとつ知らなかった。ただ、夜になると屋台や露店が出てにぎやかになる観光名所、とだけ聞いて、夜を待ち、出かけたのである。

車の走る大通りと垂直になった二本の通りが、パッポン通りである。路地の左右、中央にはずらりと露店が並んでいて、露店と露店のあいだのただでさえ細い空間を、ものすごい数の観光客が歩いている。初詣《はつもうで》並みである。

さてパッポンにたどり着いたはいいが、私はこのとき、この通りに足を踏み入れることを拒んだ。露店が集結する東南アジア独特の光景はすごく好きだったはずなのに、その通りに一歩たりとも身を投じたくなかったのだ。そしていっしょにいた恋人に、「ここに入りたくない。すごく邪悪な感じがする。入っちゃいけない」と告げ、そのまま通りに背を向けて歩き出した。

正確にいうと、「ここはいやだ」というその感覚は覚えているが、私は自分の言ったせりふを覚えていない。のちのち恋人が教えてくれたのである。「あのときはマジで気味が悪かった、突然何か憑依《ひょうい》したように立ちすくんで、『邪悪な感じがする。入っちゃいけない』とか真顔で言いだすんだもん。入っちゃいけないんだってこっちも真剣に納得するしかないよ」と。

パッポンがどういうところであるのか、私が知ったのはその旅のあとで、ゴーゴーバーが並ぶところと知り、なんとなく納得した。

私はその旅のあちこちで、中年欧米人男性と、若くて美しいタイ人女性のカップルを見かけて、少々複雑な気持ちになっていた。彼らにはいろんな契約方法があるようで、一日デートの場合もあれば、一週間も島のコテージに同伴宿泊している場合もあった。そういう女の子を連れた欧米人たちは一様に太っているか禿《は》げているか、なおかつ加齢が魅力になっていないタイプで、自国にいたらさぞやもてないんだろうなと思わせた。二十四歳だった私は、金銭の介在するそうした関係に、今より潔癖な考えと繊細な感受性を持っていた。

そういうことも相まって、パッポンに拒絶反応が出たのだと思う。そのときそこがゴーゴーバー密集地と知らなかったのだから、場所自体が放つ淫靡《いんび》なにおいを、野性の勘で一瞬にしてとらえたのだと思う。

そのパッポンに、十七年後、足を踏み入れることになろうとは思っていなかった。

二〇〇九年、雑誌の取材でバンコクを訪れた。二泊三日の駆け足の旅である。まさに十七年前の旅をなぞる、という企画で、当時泊まっていたカオサン通りや、よく歩いた中華街、インド人街、サイアム・スクエアなどを歩き、バンコクの変わり様と、それでもこびりついている不変と、その双方に感嘆・感動しつつ歩きまわった。

その夜、案内をかってくれたバンコク在住の日本人青年が、「今パッポンより活気のあるナイトスポット」に連れていってくれた。ナイトスポットという言葉、ガイドブックでよく見るけれど、思い起こしてみれば、かつての数え切れない旅で、一度たりとも私をわくわくさせてくれたことがない。その言葉に「わくっ」とくるのは男だけなのでは、と思うが、どうなんだろう、偏見かもしれない。ともあれ、彼の連れていってくれたナイトスポットは、たしかに女のひとり旅ではぜったいに気づかない、気づいたとしても足を踏み入れない種類のところだった。

通り沿いのある奥まった一角に、巨大な吹き抜けのビルがあり、そのビル全体に怪しげなバーやサロンや、何かよくわからない店が入っている。バーの入り口にはラブホテルでよく見るようなビニールののれんがかかっていて、なかがどんなふうなのかよくわからない。建物中央は馬鹿でかいカウンターのバーがあり、酔い爛《ただ》れたような観光客が数人、スツールに座っている。コの字形に並ぶバーの入り口には、ポン引きと客寄せの女の子が立っていて、どの女の子も驚くほど美人だが、半分ほどはニューハーフ。と、言われなければ、わからない。

一軒のバーに入った。客席は（そんなには広くないが）スタジアムのような雛壇《ひなだん》状になっていて、中央にまわるステージがあり、そこに日本の学生が着るような丈の短いセーラー服を着た女の子（元男の子）がずらり並び、客席に向かって科《しな》を作ったり、笑いかけたり、している。客はほとんどが観光客の男で、まわる女の子たちを見、気に入った子がいれば指名して、いっしょに飲むことができるシステムらしい。指名せずとも、店内を練り歩く女の子たちが「酒奢《おご》って」と次々ねだってくる。

こういう世界って、女のひとり旅にはほんと無縁だなあ、と思いつつ、自分よりはるかに美しい元男の子たちを眺め、冷房の効いた店内、超ミニの彼らの足や腕にうっすらと鳥肌が立っているのに気づき、十七年前、自分が何を嫌悪してパッポンにいかなかったのか、その潔癖と繊細さを思い出した。

バーをあとにして、私たちはパッポンに向かった。十七年前、「邪悪」と断じ、以後幾度バンコクを訪れても立ち寄らなかった地域である。

路地の入り口に立って見るパッポンは、十七年前となんにも変わっていなかった。

ひしめく露店、ごった返す観光客。十七年前はここで立ち去ったが、今は、混んでいるなという以外、なんとも感じない。露店の軒先にくくりつけられたライトで、夜の微塵《みじん》もここにはない。売られているのはTシャツ、箸《はし》や扇子といったみやげもの、時計、バッグ等々。ブランド品の名がついているものはみんな偽物。アルマーニのジャージもあれば、ブルガリの時計もある。なんでもある。そしてずらり並んだ露店の隙間から、道沿いに並ぶゴーゴーバーが見える。どの店もドアを開け放ち、入り口に客引きが立っている。開け放たれたドアは四角い暗がりを見せている。その暗がりが点滅するスポットライトで照らし出されると、カウンターの上で踊る女の子たちの下半身が見える。パンツの見えそうなミニスカート、美しい脚、ハイヒール。どの四角もおんなじような光景を見せている。店の前を、かつて私が毛嫌いしていた、自国ではもてないだろうなと思わせる中年男たちがうろついている。欧米人だけではない、アジア人も。

そうした光景に、私は今や嫌悪を感じることはなかった。まして邪悪などとも思わない。十七年がたったのだ。四十歳を過ぎた私は、堂々と露店を埋め尽くす偽物が、この町の個性でもあると知っている。橙色《だいだいいろ》の袈裟《けさ》を着た坊さんに席を譲る敬虔《けいけん》さも、パッポンで偽物に等級づけして売る図太さも、まったく矛盾せず持っているのがこの町の人々だと知っている。いや、それが自分自身も含めた「人」なのだと知っている。ゴーゴーバーには、かなしさと滑稽《こっけい》さと、あっけらかんとした陽気さと垢抜《あかぬ》けなさがあって、幼稚な私はそれを邪悪と総称したが、邪悪というよりももっと複雑な様相である。それがいいとか悪いとか、好きとか嫌いとかとは無関係に、圧倒的にそこにあるが故に、まず認めなければならない何か、なのである。それがここにあることと、それが自身の内にもあることを。ゴーゴーバーにせよあらゆる偽商品にせよ、パッポンにあるのはすべてがすべて、そうしたものだ。しかも、今、あるのではない。ずーっとあったし、これからもあり続ける。そして人はここに集う。「人」の生のにおいがするからだ。

もし私が男だったらば、こうした複雑さというのは、もっと早くに学習できたものだと思う。あるいはもし私が好奇心旺盛《おうせい》な女だったら。ごくふつうの興味しかなく、それなりに潔癖だったり繊細だったりし、貧乏旅行をくり返した私にとって、やっぱりこういうところは、私にとっても場所にとっても双方、用がない。呼ばれることもないし、押し掛けることもない。だから、学び損ねてしまった。四十歳を過ぎてようやく、パッポンをあらわす言葉は邪悪ではないと、どこまでも明るい夜のなか、知ったのである。

祈る男

仕事でエジプトにいった。エジプトは二十年前にツアー旅行をしたことがある。今回、二十年ぶりのエジプトである。

ずいぶん変わっているんだろうなあ、と思ってカイロに降り立ったが、驚くほど何も変わっていなかった。観光客と水煙草を吸う男たちと、埃《ほこり》っぽさとロバと。しかし二十年前も訪れたピラミッドや神殿を再度訪れると、二十年なんてほとんど一瞬だと思えてくる。その一瞬に何が変わるというのかと、そんな気分になるのである。

今回の旅には二泊三日のナイル川クルーズが含まれていて、これははじめての体験である。アスワンから乗りこみルクソールを目指すクルーズ船は、外観はこぢんまりしているが内部はずいぶんと豪華。客室など五つ星ホテル並みである。サロンがありバーがありレストランがあり、デッキにはプールがありジャグジーがありソファがある。まさに船のホテル。このクルーズ船はゆったりとナイル川を下り、一日に数度、遺跡のある町に寄港する。列車やバスや飛行機で移動せずとも遺跡めぐりがかんたんにできるから、このナイル川クルーズはヨーロッパの観光客にはずいぶん人気らしい。実際、寄港するときは船着きポイントに十数艘《そう》のクルーズ船が停まる。

おもしろいのが、一列に停まるのでなく、三列ほどにぴったり縦列駐車ならぬ駐船させること。すべての船が出入り口を開け放ち、すると観光客は、ぴったり並んだクルーズ船内を通り抜けるようにして船着き場へ降りることができる。船着き場からいちばん遠い三列目の船の乗客は、二列目、一列目の船を通って陸地に降りる、といった具合。船を乗り降りするたびに、いろんな船の内部を見ることができて、なかなかおもしろかった。シックな船があり、内装のけばい船があり、八〇年代のディスコを思わせる船があった。

二日目の夜。夕食の終わった時間、私は読みかけの文庫本を持って最上階のデッキに向かった。夕食後に船のなかではベリーダンスのショーがあるらしかったが、見るつもりはなかった。船は動いておらず、夕方寄港したときのまま、十数艘の船とともにぴっちり並んで碇泊《ていはく》している。

ぴったり並んでいるから隣の船のデッキもすぐそこにある。隣のデッキには数組の客がいてなんとなくにぎやかな雰囲気だが、こちらの船のデッキには、テーブル席に二人組の男がいるきりで、プールサイドのバーも閉まっているし、ライトアップされたプールが闇に青く浮かび上がり、やけに静まり返っている。右岸にも左岸にも、ずっと遠くに町の明かりが見える。デッキ後方にソファが並んでいて、私はそこに寝そべって文庫本を開いた。ショーがはじまったのか、遠く、にぎやかな音楽がきこえる。星は見えず、ときおりやわらかい風が吹いた。欧米人の男二人は恋人同士らしく、クルーズの旅に二人組で参加している。彼らはテーブル席で静かに談笑している。笑う声も話す声も私の寝転がるソファまで届かない。

本を読むのに飽き、デッキの縁《へり》から何気なく隣の船を眺めた。隣の船のデッキには、クリスマスツリーに飾るような豆電球飾りが施されている。数人がデッキチェアやテーブル席に座ってお酒を飲んでいる。視線をそのまま下ろすと、隣の船の厨《ちゅう》房《ぼう》の裏が見える。食材か調味料か飲料か、何が入っているかわからないが段ボールがさほど広くないスペースに積み上げられている。そこに二人の従業員が出てきた。小突き合って笑っている。揃いの青いポロシャツが、隣の従業員たちのユニフォームらしい。休憩時間なのだろう、二人は段ボール箱に浅く腰掛け、笑顔で会話している。あんまり盗み見ているのも悪いな、と、その場を離れようとしたとき、二人は立ち上がり、広くはないスペースの、さらに段ボール箱で狭まった場所に、手慣れた仕草でちいさなマットを敷くと、こちらに背を向ける格好で二人並んで跪《ひざまず》いたのである。

え、と思った。イスラム教のお祈りの時間だとすぐにわかったが、談笑からお祈りまでが、あまりにもさりげない行動だったので、ちょっとびっくりした。

二人は跪いて祈り、立ち上がって祈り、また跪いて祈り、それを何度も何度もくり返す。

荘厳なわけでも神々しいわけでもないのに、なぜか目が離せず、祈る二人の男の背中を私はその場に立ちすくんで凝視した。ごたついた厨房裏での、狭苦しい場所でのお祈りを。

妻や子どもたち、両親や祖父母、愛する人が今も明日《あした》も笑っていますように。今日ごはんをおいしく食べたように明日も食べられますように。今日と同じく明日も何ごともなく終わりますように。

彼らが彼らの神さまに向かって祈っていることが、そのとき、不思議なくらいはっきりと感じ取れた。

もちろん、彼らが何を祈っているかなんて本当にはわからない。イスラム教のお祈りが、そんなふうに願いごとを口にするものなのかどうかもわからない。もしかしたら、教典にある言葉をつぶやくだけのお祈りなのかもしれない。でも、祈る二人が願っていること、もしくは、彼らが思い描く幸福というものが、なんだかそのとき私には感じ取れた、気がしたのである。それは億万長者になりたいとか名声がほしいとか馬鹿でかいものでは決してなくて、また、車がほしいとか新しいテレビがほしいといった具体的な物品欲とも違って、すり切れるくらい毎日くり返している日々の細部が明日もくり返せますように、というような、至極ささやかな、ごくふつうの、ありきたりの何かであるように思えた。思えた、というよりは、ほとんど確信していた。

たぶん、二人の祈る姿があんまりにもあっけなく自然だったから、そう確信したのだと思う。笑うように、ふざけるように、彼らは祈っているのだった。

長いお祈りが終わり、二人は広げたマットを片づけて、またしばらく談笑し、そして厨房に戻っていった。ごたついたスペースがぽっかりと空いた。

イスラム教では一日何度もお祈りがあるというのは有名で、たぶんイスラム圏を旅したことのない人も知っているだろう。イスラム教徒が大半の国を歩いていると、突然歌のようなものが町じゅうに流れ出すことがある。アザーンと呼ばれる、お祈りの呼びかけである。エジプトでもしょっちゅう流れていた。これが流れると、信者はモスクやお祈り室といった所定の場所で、もしくは町なかでも携帯しているマイ絨毯《じゅうたん》を広げ、メッカの方角に向かって祈る。が、実際はみんながみんな一日五度のお祈りをしているわけでもない。働いている午前中や昼間は、アザーンのたびに立ち止まって祈るわけにもいかない。今回の旅に同行してくれたガイドの青年も、熱心な信者ではあったがお祈りするのは夜だけが多いと言っていた。私がたまたま見かけた隣の船の従業員も、毎回必ず祈っているわけではなく、その夜のお祈りの時間、たまたま手が空いたから祈りに出てきたのだろうと想像する。そんなふうな軽妙さがあった。

祈る習慣のない私にとって、祈ることができるというのはたいへんにうらやましいことだ。日々くり返す祈りに、悪いことを思う人はいないだろう。悪いことだと祈りではなく呪いになってしまう。お祈りではだれもがちょっといいことを考えるはずだ。こうでありますように、とか、こうなれますように、とか。それは自分がなりたいもの、手に入れたいもの、つまるところ「幸福」というものの中身を、日々確認する作業ではないかと思うのだ。そうしたことをごく自然に、ごく日常的に行えることを、私はうらやましく思う。

彼らの信じている神さまを信じろと言われても、私は信じないだろうし、この先、熱心に祈れる対象を自分が見つけるとも思えない。でも思うのだ。祈りというものが、意味のない行為であるはずがない。勝手に想像した彼らの祈り、私も私の愛する人も、今日と同じく平穏な明日を過ごせますようにというようなささやかな願いが、ずっとずっとくり返されて人の生活を支えているのではないか、なんて、四千年も前に造られた巨大な遺跡を仰ぎ見て、思ったりしたのだった。

ベリーダンスのショーよりも、ずっとずっとその国らしい美しさに触れた夜だった。

しまった、の夜

旅先で、しまった、ということは多い。

たいがいが、その地の予習不足で起こる「しまった」である。私の経験上では、こんなに寒い（暑い）と思わなかった、こんなに広いと思わなかった、こんなに言葉が通じないとは思わなかった、等々の「しまった」がある。

予習さえしておけば、なんとかなるのである。その地のその季節の最高・最低気温を見ておけば、持っていく服の判断もできるわけだし、ある町からある町まで長距離バスでどのくらいかかるかあらかじめ知っておけば、なんとなくながらきちんとした旅プランができあがるわけだし、英語が通じないとわかっていればその地に見合った辞書も荷物に入れられるのだ。

しかしながら、予習さえしておけば避けられた「しまった」は、その地でだって、多くはなんとかなってしまうものでもある。寒い、暑いならば現地で服を買い足せばよろしい。土地が予想以上に広ければ、旅プランを変更すればよろしい。言葉がいっさい通じなければ、ジェスチャーで乗り切ればよろしい。だから学習せず、こういう「しまった」はいくらでもくり返すことになるわけだが。

どうにもならない「しまった」も、ときにはある。その「しまった」は、かならず夜がらみ。

最近の旅先「しまった」体験は、三年前に旅したメキシコである。メキシコはずっといきたかったのだが、毎年何かしらいけない事情があって、のびのびになっていた旅だった。

ようやくいけることになって、飛行機でまず入る場所として、メキシコシティではなくカンクンを選んだ。とはいえ、私がいきたかったのはリゾートとして有名なカンクンではなく、そこからバスを乗り継いで三時間ほどいったところにある、トゥルム。

前に英語を習っていたイギリス人教師が、私がメキシコにいきたいと言うたび、「メキシコにいくのならぜったいにトゥルムに寄れ」とくり返していた。「海があってのんびりしていて、自然がすばらしく、カンクンほどにぎやかでもなくて、本当に天国みたいな場所だ。トゥルムに寄らないメキシコの旅なんてあり得ない」と、まさにうっとりした表情で言うのである。だから、メキシコにいけるとわかったときから、トゥルム、トゥルムにいくぞと私は心に決めていたのだ。

　成田《なりた》発、カナダを経由しカンクンで飛行機を降り、カンクンの町は何ひとつ見ずバスターミナルからプラヤ・デル・カルメンいきのバスに乗り、一時間後到着したプラヤ・デル・カルメンのバスターミナルでトゥルムいきのバスチケットを買った。バスが到着するまで一時間以上あったので、大荷物を背負ったまま到着したばかりのプラヤ・デル・カルメンを歩く。路地の先に海がすぐ見えるリゾートである。が、カンクンほど有名ではないらしく、欧米人観光客の姿は多いが、それでも全体的にはひなびた田舎町といった風情。土産物屋と観光客向けレストランが軒を連ね、お洒落《しゃれ》なカフェなども点在し、白茶けた煉瓦《れんが》の道を、陽射しがさらに白く染め抜いている。通りから垂直に走る路地の向こうを見遣《みや》ると、はっとするような青い海がのぞいている。なかなか魅力的な町ではあるが、何しろ私の目的地はトゥルム。私はバスの時刻をしつこく確認し、一時間程度その町を散策しただけで、トゥルムいきのバスに飛び乗った。

　そこからさらに一時間半ほどバスに乗ると、トゥルムに到着する。バスを降り、「あれ」、とまず思う。

さっき「ひなびた田舎町」と思ったプラヤ・デル・カルメンが、六本木くらい都会に思えるほどの何もなさ具合。店がない。宿がない。あるのはガソリンスタンドとトラックが行き交う道路、道路の背後はジャングルとしか思えない鬱蒼《うっそう》とした木々の連なり。ガソリンスタンドのわき、木々に隠れるようにしてツーリストインフォメーションがあり、そこで地図をもらう。トラックの行き交うジャングル沿いの道を、ずーっと進んだ先に海があり、海沿いにホテルやバンガローが並んでいる。海まで歩けますか、と地図をくれたおねえさんに訊《き》くと「無理ね」と即答された。（道路とジャングルの木々以外）ほんっとうに何もない道をタクシーの窓から眺めながら、これは「しまった」かも、と私は身構えた。でも、と思いなおす。でも、海沿いにいったらもっとにぎやかかも。レストランも土産物屋も屋台もあって、旅行者もたくさんいるかも。

が、タクシーで十五分ほどの海沿いには、飲食店も土産物屋もカフェもなく、ただ海沿いに宿が続いているだけだった。宿はみなバンガロー式で、ランクがある。ゲストハウスクラス、星なしホテルクラス、星三つクラス等々、明記されてはいないが、まあ、佇《たたず》まいを見ればわかる。それぞれどんな宿でも喫茶店なりレストランなりを併設していて、泊まり客はそこで食事をとるようになっている。タクシーを降り、宿をさがすが軒並み満室。七軒目あたりの、クラスとしてはずいぶん高級な宿でようやく空き室が見つかり、チェックインした。

立派なバンガローに、ひとり荷物を下ろし、濃厚に漂いはじめる「しまった」臭を無視し、とりあえず昼食をとるため宿のレストランにいった。広々とした、海沿いの素敵なレストランである。メニュウにあるのはメキシコ料理ではなく西洋風にアレンジされたなんちゃって料理ばかり。そういう店がかならずそうであるように、おいしくないこともないが、おいしいこともない。その、おいしくもおいしくもない料理を食べつつ、でもなんとか、かろうじて「しまった」を封じこめてはいた。

いよいよ「しまった」から逃れられなくなるのは、夜である。英語教師が言っていたとおり「自然がゆたかでにぎやかでなく、天国のよう」な場所ではある。そういう場所は往々にして夜は真っ暗闇、星はきれいだが、宿のレストランは早々店じまい、周囲にはカフェもバーもディスコもなんにもない。明かりのない浜辺とジャングルに縁取られた、どす黒い道が延々続くのみ。バンガローにはテレビも、ミニバーも冷蔵庫もない。

世のなかには、ひとりが似合う場所と、二人が似合う場所とがある。かような「天国」は、ひとり旅はとことん似合わない、そう気づいてようやく「あー、しまった」と私は認めた。英語教師はおそらく恋人とこの地に逗留《とうりゅう》したのだろう。二人いれば、このなんにもない夜はすばらしい天国の時間になり得る。二人で暗い道を散策し、星を見上げてロマンチックな言葉を交わし、バンガローに戻って蠟燭《ろうそく》の明かりを挟んでたがいに見つめ合えば、英語学校の生徒に「メキシコにいってトゥルムにいかないなんてあり得ない」と説明したくもなるだろう。

が、いかんせん、真っ暗闇にぽつんと建つバンガローでひとり、テレビもなく、窓の外から入りこむ蛙の声を聞きながら本を読み、本に飽きて星でも見るかと外に出て、満天の星にため息をつくのもつかの間、開け放したドアからは数匹の巨大な蛾が部屋に入りこみ、蠟燭の明かりに映し出されるそれらの姿を途方に暮れて目で追う――ああ、しまったと思うが、どうにもならない。あの教師は、トゥルムがすばらしいと言ったのではない、トゥルムで恋人と過ごした時間がすばらしいと言っていたのだ。そのことに私も教師も気づかなかった、ここに「しまった」の原点がある。長くて暗くて静かで退屈な夜、私は激しく後悔し、英語教師を逆恨みまでしたくなった。

くわえて私感だが、カップルで過ごす旅先として、このようなんにもなさ、言い換えれば不便さを好んで選ぶのは、欧米人のみであると思う。日本人やほかのアジアの国の人々は、ひとりだろうがカップルだろうが家族だろうが、もう少し周囲に飲食店や娯楽施設があるところを選ぶ。二人でおいしいものを食べたり、めずらしいものを買ったり、明かりの下をそぞろ歩いたりすることを選ぶ。なんにもないことイコールロマンチックという思考回路は、ないのではないか。

私はこの、「しまった」と実感させる宿に二泊した。一泊でこりごりだったのに、でもせっかくきたのだからという貧乏根性で翌日周辺を見てまわり、本当になんにもないんだなあと納得し、また退屈で長くて蛙が騒々しくてひとり旅を呪いたくなるような夜を過ごし、翌日、メリダという町に向けて旅だった。ああ、店がある、食堂が、屋台が、ホテルが、洋服屋が、土産物屋がある！　と、メリダの市街に入っていくバスの窓に額をつけ、心のなかで叫んだ。

いや、トゥルムの名誉のためにいえば本当にいいところなのだ、なんにもなくて、静かで、有名な遺跡もある。でもひとり旅ではいかないほうがいい。それから、ぎくしゃくした関係に陥った恋人とか、秘めた問題を抱えた配偶者とか、美点より欠点のほうが目につくようになった腐れ縁の友だちとかとも、いかないほうが、きっといいと思う。

旅する人同士の関係と、場所の相性って、あるんだなあ。「しまった」が教えてくれたささやかな教訓である。

夜というトンネル

寝台列車に乗りませんか、という仕事の依頼がきた。上野を夜に出発し、翌日の昼前に札幌に着く寝台列車に乗り、その体験記を書くという仕事である。もちろん引き受けた。こんな機会でもなければ、日本で寝台列車に乗ることなんてまず、ない。

私は鉄道ファンではないのだが、寝台列車が好きである。異国を旅するときは寝台でも寝台でなくとも、夜を徹して走る長距離列車に世話になることは多い。理由は飛行機より安いし、バスより快適だから。

日本の場合、寝台列車より国内線や新幹線のほうがよほど便利で、今寝台列車に乗るというのはそれ自体が目的になる。どこかにいくことではなく、列車に乗ることと自体がレジャーなのだ。そうして、国内線や新幹線よりうんと安いということはないのだから、時間的にも経済的にも、趣味的な贅沢《ぜいたく》といわざるを得ない。

札幌いきの寝台列車は、午後七時過ぎに上野駅を出発する。乗客は鉄道マニアの男ばかりだろうと（激しい偏見で）想像していたのだが、家族連れとカップルが多いことに驚いた。

シャワーとトイレ付きの個室に荷物を置き、ベッドにもなるソファに腰掛けて窓の外を見る。まだ明るい。私はすっかり旅気分であるのに、隣を、ごくふつうの通勤列車が走っているのがなんとも不思議である。仕事帰りの会社員たちで、併走する列車は混んでいる。

寝台列車の車窓から見る光景はたいがい見知らぬものであるのに、見慣れたものであることがまた新鮮で、食い入るように眺めてしまう。赤羽《あかばね》を過ぎるころ、空はゆっくりと紫色になり、やがて藍色《あいいろ》になる。松屋《まつや》、とか、魚民《うおたみ》、とか、ファミリーマート、といった看板が、薄い闇に浮かび上がっては流れていく。

八時過ぎに食堂車に向かった。あらかじめ予約が必要だが、食堂車ではフランス料理のフルコースか懐石料理が食べられる。どちらの値段もそこそこするので、私はなんとなく、この列車にはドレスコードはないにしても、でもどちらかといえばかつて乗ったイースタン&オリエンタル・エクスプレスのような列車なのだろうと勝手に想像していた。が、まったく違った。走る豪華ホテルというよりは、走る民宿であった。

老若のカップルは食堂車でフランス料理や懐石を食べているが、家族連れは隣のサロン車両で駅弁を広げている。ひっきりなしに食堂車を人が通り、従業員にビールを注文したり、共同シャワーの予約をしたりしている。子どもが通路を走りまわり、おかあさんが追いかける。シャワーを浴びて頭髪を濡《ぬ》らした人が、スリッパ履きで通路を歩く。この食堂車は、午後九時にはバータイムとなるのだが、バータイムになってからますます民宿化して、その感じは花見や相撲見物に似ており、なんだかうれしくなった。日本の人は本当に酒好きで、酒が入ったこのゆるゆると境線がほどけていくような感じを愛しているんだなあと実感する。だれにとっても上野から札幌に列車でいくのは非日常のはずだが、非日常だから気取りすますのではなくて、非日常だから酒を飲んで酔っぱらう、というのが、じつに日本的。

二〇〇九年の秋、北京から上海に向かう寝台列車に乗った。この列車でも私は食堂車にいったのだが、すでに満員。いちばん奥にバーカウンターがあり、その前に数人が座れるベンチがあって、そこだけ空いていたので、そこで青島《チンタオ》ビールを飲んだ。酒を飲む乗客はほとんどいなくて、そのかわり、食事が立派だった。各テーブルに運ばれていくのは、炒飯《チャーハン》や青菜の炒《いた》め物や卵と海老《えび》の炒め物など、やけに本格的な中華料理で、なんともいえずいい香りである。テーブル席の人々は喧嘩《けんか》をするような大声でひっきりなしに会話しながら食事をしていた。お国柄だなあと、そのときのことを思い出し、酔客でにぎわう食堂車を見まわしてしみじみ思うのである。

列車は、午後十一時前後に仙台のあたりを通過し、青函《せいかん》トンネルをくぐるのは明け方近くらしい。何度も札幌いき寝台列車に乗っているカメラマンの方が、「青函トンネルに入ると、音が変わる。線路を走るかたたん、かたたんという音ではなくて、サーっというような音になる」と話していたので、ぜひ起きたいものだと思うが、果たしてちょうどその時間に起きることができるのだろうか。

窓の外が真っ暗なので、カーテンを開け放って眠ることにした。ときおり、白い街灯や民家の明かりが幻のように流れていく。

私は日常、眠れないということがいっさいないのだが、このときはめずらしく眠れなかった。シャワー兼トイレのドアが壊れていて、きちんと閉めても、揺れとともにパターンと開くのである。このパターンのたびにはっと目を開き、暗闇に目を凝らす、ということを続けているうち、時計は零時を過ぎ一時を過ぎる。窓の外はもう真っ暗。ほとんど明かりもない。それがよりいっそう、遠くにきたのだと実感させる。遠くにきて、さらに遠ざかろうとしているのだということを。つい数時間前まで、窓の外には見慣れた日常があったのに、今は闇すら非日常に見える。

それでもいつのまにか眠ってしまったらしい。目覚めると部屋は完全に真っ暗で、そうして、さっきまでの騒音がない。

あ、海の底だ、とすぐにわかった。カメラマンの方が言っていたとおり、サー、と静かな音しかしない。青函トンネル通過中と、寝ぼけつつも興奮した気分で思うのだが、しかし何も見えず、記念に撮るべき写真もなく、生まれてはじめての体験なのになんだかもったいないと思いつつも、また眠った。

開け放った窓の外の明るさに目を開けると、昨日の夜に見た風景とがらりと違う光景が広がっている。空はいきなり馬鹿でかくなり、ビルも民家もなんにもなくて、ただ木々の緑がちかちか光っている。眠っているうちに北海道着なのだった。

寝台列車というのだから、その列車で人はほとんど眠ることになる。たとえば上野から札幌までは約十六時間だが、だいたいその半分は眠ることになる。もちろん起きていることは可能だが、外が暗いので起きていてもつまらない。その日はめずらしく眠れなかったとはいえ、見るものといえば闇だった。だから窓の外の劇的な変化がどのようになされたのか、私には知る術《すべ》がない。

先ほど書いた北京発上海いき列車もそうだし、ヤンゴン発マンダレーいきの列車も、バンコク発スンガイコーロクいきも、ルクソール発カイロいきも、グラナダ発バルセロナいきも、ホーチミン発ニャチャンいきも、みーんな夜が景色を覆い隠す。眠って目覚めると、驚くほど景色が変わるのに、その変わり目を乗客は見ることができない。ゆっくり変わるのか、それともある地点でばたりと変わるのか。まさに夜は青函トンネルのようなものである。変化を感じさせてはくれるが、見せてはくれない。

寝台列車に乗るたび、眠るのがもったいないと思う。ごくまれにだが眠れないことだってある。ずっと窓の外を見ていたいなと思う。もちろん、その願いを叶《かな》えることはかんたんだ。昼間に同じ行程を走る列車に乗ればいいのだから。でも、そんなことはしないだろうなあとわかってもいる。時間がもったいないからではない。窓の外がどんなふうになっているのか、見たい知りたいと思いながら眠り、朝、光景の変化にびっくりする、それこそが寝台列車の醍醐味《だいごみ》なのだ。寝ずの番でサンタクロースの正体を突き止めても、さほどおもしろくないのとおんなじことなのである。

食堂車が急激になくなってしまったように、寝台列車も日本からなくなってしまわないことを、鉄道ファンでもないのに私は願ってやまない。

出会うのは夜

はじめて徹夜をしたのは、忘れもしない、十七歳の夏である。

今でもそうだが昔から日常、眠れない、ということがまったくない。十七歳まで、だから私にとって夜はただ眠る時間であり、人生に含まれていない時間だった。

十七歳の夏、とくべつなことがあったのではない。ただ、友だちと話していて、気づいたら朝だったのだ。

私の通った学校は、夏になると二泊三日か三泊四日で、富士山の麓《ふもと》に滞在することになっていた。小学校一年生から高校三年生までが、学年ごとに日にちを変えて学校所有の宿に泊まりこむ、林間学校のようなものである。竹林に囲まれたその敷地内には、寄宿舎のような新旧の建物と、最終日にキャンプファイヤーをやったり青空教室を行ったりする、だだっ広い庭があった。庭に面して一学年全員が座ることのできる食堂があり、学生食堂のような厨房《ちゅうぼう》があった。旧館の建物は木造で、薄暗く、幽霊が出るともっぱらの噂だった。

新館も旧館も、いくつもある部屋には四つ一組の二段ベッドがずらりと並んでいる。班ごとにベッド区画が決められるのだった。各自に割り振られるのはそのベッドぶんのスペースのみ。しかも隣とは低い板の仕切りしかなく、ほとんどくっついている。そこにみんな自分の荷物を押しこみ、着替えるときも荷物整理をするときもその狭いスペースで行うのである。

今考えれば、ずいぶんと乱暴な話ではある。女子校だったとはいえ、ベッドひとつぶんのスペースしか与えられず、しかも一部屋に百人近い他人が入れられて、おんなじ時間に眠る。一日目は毛布でテントを作り、ペンライトの明かりで持参した菓子を食らっては友だちと笑い合ったりしているが、二日目になるとそんな昂揚《こうよう》もなくなる。修学旅行と違って、毎年のことなのだし。

深夜近くには、ちゃんと寝ているかどうか確認するための、教師の見まわりがあった。もちろん眠れないことのない私は、教師の見まわりも旧館に出るという幽霊も、これまで見たことがない。でも、その乱暴さは、三十年も前だったからというわけではないと思う。今でもあの学校では、小学生から高校生まで、時期をずらしながら二段ベッドがひしめく部屋で、ベッドひとつぶんのスペースをひとりずつ与えられて、真夏の三日だか四日だかを過ごしているのではないか。時代というよりも、学校という場所はそうしたささやかな理不尽を強いるものだし、私たちのほとんどは、理不尽だと考える間もなくそれを受け入れる。

小学生のときはただひたすらにたのしかったこの林間学校だが、中学生になり、思春期にさしかかり、人間関係が小学生よりは複雑になってくると、ベッド区画を決める班分けが、俄然《がぜん》重要になってくる。仲のいい子といっしょの班になりたいし、苦手な子と隣のベッドにはなりたくない。しかし教師による班分けは公平で、裏取引は不可能だった。たしかベッドの位置まで決められていたように思うが、これは班のなかで取り引き可だった。上のベッドがいい子は上を、仲良しの子同士は隣り合うように、トレードし合うのである。

しかしそんな取り引きやトレードも、さかんなのは中学三年生くらいで、高校に上がると、なんだかもうどうでもよくなってくる。だれ彼の好き嫌いがそんなに激しくはなくなってきて、しかも、苦手な子が隣のベッドだからってどうだっていうのだ、というような開きなおりも生じてくる。今思えば、そうして女の子だった私たちの内に、おばさんの芽は生まれていったのだろうなあ。

学校という場所を、そこしか知らないくせに私は好きではなかった。が、その富士山の麓にある寄宿舎はすごく好きだった。高校三年の夏、来年からもうここにこられないのだと思うと、ぞっとするようなさみしさがあった。

しかしながら高校生最後のその夏、私が振り分けられた班には、さほど親しくない女の子ばかりがいて、隣のベッドはほとんど口をきいたこともないNさんだった。もちろん以前よりは人間関係に無頓着《むとんじやく》になっている私は「あーあ」と思いつつも、仲良しの子と隣り合うようトレードごっこなどせず、仕切り板ごしににこやかにNさんと挨拶《あいさつ》を交わしたり、していた。

Nさんは、まじめそうな子だった。髪も黒いし短いし、制服も規定のまま、スカート丈を短くしたり幅を詰めたりしていなかった。鞄《かばん》の色も地味で、靴下もソックタッチで正しい位置にきちんと留めていた。そういうことがまじめな証拠だと当時の私はとらえていたのだった。そして、まじめな子が私は苦手だった。

だから、どうして林間学校最後の夜に、Nさんと話すことになったのだか覚えていない。たしか、消灯時間のあとで、仕切り板からひょいと顔をのぞかせて、Nさんは私の書いた作文のことを褒めてくれたのだと思う。今も昔も褒められることが苦手な私は、「いやいやいやいや」などと照れて背を向け寝てしまいそうなものだが、どういうわけだかそのときはそうしなかった。彼女は、国語の時間に教師が読み上げた私の作文をひとしきり褒め、将来のことについて訊《き》いた。どの大学に進むの？　どの学科にいくの？

推薦で進学希望だった私は、その夏休み直前に、教師から、すべての大学・短大に推薦できないと通達されていて、途方に暮れていた。どこかしらに推薦してもらえるだろうと思っていたから、受験勉強がどんなものなのかも知らずにいたのだ。作家になりたいと思ってはいたが、どの大学に創作科があるのか調べることもしていなかった。

答えに詰まった私は、彼女に質問し返した。Nさんはどうするの。どこの学校にどういう理由で進むの。

彼女は、私の聞いたことのない短大の名を挙げた。そこには園芸の学科があり、自分はそこを卒業して造園業に就きたいのだと、そんなようなことを。なぜそう思ったかというと、本屋で見た写真集でイギリスの庭の美しさにひきこまれたからだ、というようなことも彼女は語った。彼女が語っているのは、作家になりたいという私のような漠然とした希望ではなく、どうしようもない必然に支えられた、はるかに具体的な計画だった。

仕切り板ごしに私たちが話しはじめたころは、あちこちで同じような話し声やおさえた笑い声が聞こえていたが、カーテンの合わせ目の闇が濃くなるにつれ、それらはみな寝息に変わりはじめていた。私たちはなおのこと小声になって、話した。私は彼女のように計画的にものごとを考えられないと言い、彼女は高校を出てからしか自分のやりたいことははじまらないのだと話した。彼女の考えはずいぶんと大人びていて、ある意味でぶっ飛んでいた。彼女は高校でのいっさいのことをどうでもいいと思っていた。制服を改造することも髪の色を変えることも、馬鹿らしいと思っており、そういう自分が私のようなシンプルな思考の持ち主からくそまじめと思われることについても、どうでもいいという感想しか、持っていないようだった。イギリスの庭に惹《ひ》かれたのはそもそもイギリス人のロックミュージシャンの熱狂的なファンで、彼が来日するときはひとりで地方まで見にゆき、イギリスという言葉に過剰に反応したが故にその写真集に出合った、と彼女は語り、彼女がロックを聴くことにも驚いたが、それよりこういう音楽が好きだと同級生に宣言せずにいられたことに、もっと驚いた。そのころの私たちはみな、何が好きで何が嫌いかを声高に言うことで、自分というものをわかってもらおうとしていたから。この人を評する言葉は「まじめ」ではないらしいと私は気づかされた。過激、という表現こそ彼女にふさわしいように思った。

教師が懐中電灯を持って見まわりにくることを、高校最後の夏にはじめて知った。その明かりが見えると私たちは横たわって口を閉ざした。明かりが闇の向こうに消えると、またちいさく話しはじめた。幽霊はあらわれなかった。だれかが寝言を言っていた。外は宇宙みたいに静かだった。言葉を交わすことで人と出会うことがあると、十七歳の夏に私ははじめて知った。気がつくと、闇に沈んでいたカーテンが薄く白く光っていた。朝だった。

こののち、私は幾度も人と話すことで夜を明かすことになる。学生のときも、卒業したあとも、旅先でも、今でも。数人で語り合うこともあり、サシで話すこともある。話しながら言葉が伝わらないと失望することもあれば、眠るのがもったいなくてどうでもいいことを延々と言って笑っていることもある。話すことで人と出会えるのは、不思議なことに、昼ではなくて圧倒的に夜だ。そう私が思っているのは、たぶん、ずっと同じ学校に通っていたNさんと、はじめて出会ったのが最後の林間学校の、最後の夜だったからかもしれない。

海夜、山夜

どういうわけだか、山派と海派がいる。生まれ育った場所とは関係ないように思う。私は横浜生まれだが、山側の町の出身で、海にいくにはバスに一時間乗らねばならなかった。海と近しく育ったわけでは決してないのに、完全な海派である。

山より海が断然好きで、断然リラックスできる。そうして、山の夜より海の夜のほうが、断然こわくない。フェリーで一泊するのはちっともこわくないが、山小屋で一泊はできるならごめんこうむりたい。

モルディブは奇妙な場所で、海に大小の島が点在している。その数、千二百にも及ぶらしいが、人が住んでいるのは二百ほどで、内いくつかが、観光施設になっている。モルディブを旅したい、と思った場合、自由旅行でこの島々を渡り歩くのはほとんど不可能に近いと思う。いちばん一般的なのは、パッケージツアーである。それぞれの島の特徴（規模、ランク、施設、食事、アクティビティ等々）を調べ、目的の島に滞在するパッケージツアーに申し込む。

もう十年近く前のことになるが、モロッコのタンジェで会った男の子といっしょに食事をし、どういう話の流れかモルディブっていってみたいね、と言い合い、その場で別れたものの帰国して数週間後、「〇月にモルディブにいくから、会おう」と、その彼から連絡がきた。そのときまで私はモルディブについて何も知らず、そこにいけば会えるのだと思っていたのだから、ずいぶんな無知だった。旅行代理店にいって説明を聞き、「こんな島だらけの国であの子と会えるわけないわな」と思ったものの、どうしてもいってみたくなって、ある島の七日間の宿泊を、単にリゾート旅行として手配した。もちろん彼と会えるはずもないのだが、でもきっと、あの子に会わなかったらモルディブにいこうなどと思いつかなかっただろうから、縁とは、いや、旅とは不思議なものである。

島には、バンガローばかりかレストランもバーもカフェも、フィットネスセンターもおみやげ屋もランニングコースも、滞在に必要なものはすべてある。三度の食事は、滞在している旅行者全員、同じレストランで同じ時間内に食べ、その料金はパッケージツアー代に含まれている。おみやげ屋で買いものをしても、バーで一杯飲んでも、お会計はバンガローの番号を言ってあとで精算すればいい。つまり、島に滞在中、財布を持ち歩くことがただの一度もないのである。

ホテルを歩いてさがさずともよく、いちいち値切ったりしないでもよく、ひとっところにずっと泊まるこういう旅は、私にははじめてのことで、こんなにも快適なものかと驚いた。お金を持たなくていい、ということと、食べる時間が決まっている、ということは、人をこんなにもかんたんに子どもにしてしまうのだなと実感した。

毎日毎日私は裸足《はだし》でおもてに飛び出して、泳ぎ、波間に浮かび、砂浜で眠り、本を読み、時間がくればがばりと起きあがって裸足のまま食堂に走った。食事は毎回ビュッフェスタイルで、広いレストランが混み合うということはめったになかった。モルディブのほかの島にいったことのある人たちに話を聞くと、その島によって食事はずいぶん違うらしい。インド系の従業員が多いと毎回すばらしいインドカレーが出たり、華僑《かきょう》の人が多いと中華料理だったり、はたまた、フランス料理が売りの島などもあるらしい。私の滞在した島は、スリランカの人が多かったのではないか。カレーは毎回（インドカレーではなく）スリランカカレーで、しかも毎回、イタリアとスペインの観光客が多いせいだろう、ハーブ味やガーリック味の各種オリーブがどーんと並んでいた。日本人観光客が多ければ、ここは漬け物なのだろうし、韓国人観光客が多ければキムチなのだろうと想像する。

バンガローの部屋にはテレビがなく、夜はひたすら長くて退屈だった。けれど海のそばにいれば、私には退屈が苦痛ではないのである。外にいっても暗いだけでなんにもない。砂浜から海を眺めても、ただ真っ黒な闇が彼方《かなた》まで広がっている。頭上に星は出ているが、口を開け見とれるほどでもない。それでも、退屈は苦痛ではない。真っ黒な海に目を凝らし、波音を聞いているのは心地よい。昼間はまるきり子どもだが、夜になると大人に戻る。トランプにも恋話にも興じずに、じっと暗い海を眺めて何も思わず、何時間でもそうしていられる。

しかしながら、これ、海の嫌いな人には耐え難いだろうなと想像する。

同じことが、私は山ではできない。

山派ではない私も、山小屋や、山間《やまあい》にある旅館に泊まった体験はある。まわりにあるのは山ばかり。

モルディブの島では、実際に「閉じこめられる」わけだが、閉じこめられた者が覚えるべき閉塞《へいそく》感を私は抱かなかった。私たちを送ってきたボートが港を出て帰ってゆく、島の外に出る足はもうない……なのに、閉じこめられる、というよりは、解き放たれた、という気持ちのほうが強い。しかし山は違う。文字通り、閉じこめられたと私は感じ、息苦しくなる。なぜだろう。海より山のほうが、外に出ていく手だては現実的にあるというのに。

テレビの取材でイタリアのドロミーティを訪れた際、一泊だけ山小屋に泊まった。登山客のためにシーズン中だけ開かれる、山の麓《ふもと》の山小屋だ。そこにいくには町から車で一時間近く山道を登らねばならず、その山小屋から先、視界の限り人工物はなくなる。私たちが宿泊した日はシーズンオフになったばかりで、本来は休業なのだが、とくべつに泊めてもらったのだった。着いてすぐにロケをし、その夜が山小屋泊、翌日はもう町に下りる予定だった。山小屋の主《あるじ》夫妻と私たち一行と、ガイドさんと通訳の方、みんなで夜更けまで酒を飲み、泥酔し、上機嫌で部屋に戻り、ベッドに横たわる。しんと静かだった。酔っていればたいていのことはこわくないのに、ふいにこわくなった。私は今山のなかにいて、小屋を一歩出たら店どころか人工物そのものがなく、ただ暗闇が広がって、とんがった山々が通せんぼをするように黒々と在る、そう思ったら息苦しいような気持ちになった。こういうときは眠るにかぎる、とかたく目を閉じ、そうしてすぐに眠りはやってきたのだが、次に風の音で目が覚めた。

さっきまでは物音ひとつしなかったのに、外は暴風である。山小屋の前に各国旗が飾ってあるのだが、その金具が狂ったように鳴り響き、ひゅううう、ひゅううう、と悲鳴に似た音が山小屋全体を包んでいる。窓ガラスがちいさく揺れて、小屋全体も揺れているような気がする。酔いもすっかり醒《さ》めていた私は、さっきよりよほどはっきりした恐怖を感じた。目が冴《さ》え、ジャック・ニコルソンのアップ顔が思い浮かぶ。映画『シャイニング』のジャック・ニコルソンである。山のなかの、冬季休業したホテルを管理するため、作家一家が一冬をそこで過ごす、あのすさまじくこわい映画。

それきりほとんど寝つけないまま、朝を迎えた。起きてみると窓の外は一面真っ白。しかもまだ吹雪は続いている。ロケ隊のみんなははなんだかたのしそうである。「今日は雪で山を下りられないかも」「そうすると今日は休みってことだね」「ここでトランプでもして一日過ごそうよ」などと、冗談交じりに言い合っている。

冗談じゃない！　夜が明けても吹雪のなかの山小屋は、私にとって恐怖でしかなく、しかも閉じこめられてもう一回ここで夜を過ごすなんざ、本当にまっぴらだった。どうか、どうか、今日山を下りられますようにと私はひそかに祈っていた。

そういえば、人食い鮫《ざめ》の『ジョーズ』も氷山にあたって船が難破する『タイタニック』もこわくなかったな。アンデス山脈に飛行機が墜落し、生き残った人々を描いた『生きてこそ』は、失禁するかと思うほどこわかったのに。

海派と山派、いったい分かれ道はどこにあるのか。海も山も等しく夜は夜で、海でも山でも実体験としてこわい目にあったことなど一度もないのに。もしかして私は前世、暗い山道でのたれ死んだのだろうか、などと、本気で考えてしまう。

時間と旅する

スピードと高さが苦手な私が、飛行機を好きであろうはずがない。最初に乗ったときから一貫して嫌いである。飛行機が本当に苦手で海外を旅しない人もいる。北海道にいくのに列車でいく人がいる。そこまでではないが、その気持ちはたいへんよくわかる。その程度の嫌いさ加減である。

飛行機に乗りたくないのと、知らない場所を旅したい気持ちを天秤《てんびん》に掛けると、断然後者が勝る。だから、嫌い嫌いと思いつつ、乗るのである。折り合いのつけかたもだいぶ前に覚えた。いちばんいいのは、眠ること。それも、もっともこわい飛び立つときと着陸時に眠っていられれば、飛行機に乗ったという気もしない。瞬間移動のようである。

座席指定ができる場合は、窓際にはぜったい座らない。窓際に座ると、外が見えてしまう。高い場所にいるということがわかってしまう。だから通路側。

座席についたら即座に眠る。眠りのなかで、あ、飛び立ったなとわかる。次に目を覚ますと、もうシートベルト着用のランプは消えていたりする。それでも眠る。眠れないときは乗務員にビールやワインを持ってきてもらい、酔っぱらって眠る。どんなに長い時間の飛行でも、たいてい私は眠りこけている。

飛行機のなかは時間がめちゃくちゃである。時間といっしょに移動しているのだ。時計は午後十時なのに外はさんさんと明るいこともある。そういうとき、乗務員は夜を作る。

まず、食事を食べさせる。腹がくちくなれば人は眠くなるというのは、全世界レベルの了解なのだろう。私はこの機内食というやつが、大ッ嫌いで、どうしてこうもおいしくないものを、どの航空会社も作るのかと不思議に思うのだが、それでも食事タイムにこの独特なにおいが漂いはじめると、ぱちりと目が覚める。

魚か肉かと訊《き》かれると、どちらもたいしておいしくないくせに、と思いながら「肉プリーズ」と張り切って言う。肉にはワインだと、赤ワインの小瓶をもらったりする。

食事の中身を確認し、「あーやっぱりまずそう」と思い、眠っているあいだに乗務員が配っていたメニュウをいじましく眺め、こんなに立派なメニュウなのに実物はこれ……などと落胆し、あんまり食べるのやめよ、向こうに着いたらおいしいものの食べよ、と思いながら、気づいたら完食している。本当に不思議なことなのだが、これ、どんな味だろうと思いながら、やっぱおいしくないやと思いながら、ぜんぶ食べている。そうして食べたあと、少し落ちこむ。

落ちこんでいると、窓の日よけをぜんぶ下ろすようにとアナウンスが入り、機内が暗くなる。わさわさとみんなトイレにいきはじめ、そうして人工的な夜がくる。たいていの人がおとなしく眠る。私も眠る。

とはいえあまり深くは眠れず目覚めると、何人かの人はかならず起きている。パソコンをいじったり、映画を観たり、本を読んだりしている。

「眠れない人たち」なのだろうと想像する。私の友人は、機内では一睡もできないらしい。どんなに長い飛行時間でも起きているの？　と訊くと、そうなのだと答える。飲んでもだめなの？　重ねて訊いた。ますます目が冴えるそうである。なんたる悲劇だろう。

こういう機内の夜、閉まっている日よけをちらりと開けてみる人が、やっぱりかならずいる。窓の隙間からさっと白い光がさしこみ、いつもそのあまりの唐突さにびっくりする。そうか外は今明るいのか、と思い、時間のない場所に今自分はいるんだと、あらためて思う。

長距離フライトの場合、この人工的な夜に夜食が出ることがある。私は夜でも夜でなくともたいてい寝ているので、この夜食のことを知らなかった。あるときたまたま目覚めて眠れなくなってしまった夜に、目撃したのである。ほかの乗客がカップラーメンをすすっているところを。

起きている乗客に、乗務員は夜食が必要か否か訊いてくれるが、もしタイミング悪く彼女たちが引き払ったあとに目覚めても、ちゃんと夜食コーナーがある。コーヒーメーカーなどが置いてあるカウンターに、カップラーメンやおにぎり、サンドイッチやクッキーなどが用意されていて、ほしい人は勝手にもっていくようになっている。

これまた不思議なことだが、人工的夜中に目覚めたとき、さほど腹は減っていないのに、夜食が食べたくなる。そうしてふらふらと夜食コーナーにいき、品定めする。夜食が何かは航空会社によって異なる。カップラーメンがないこともあるし、おにぎりがないこともある。「ちっ、サンドイッチしかないや」などと思いながらも、私はきちんとそれを食べる。食べていると空腹な気がしてきて、ぜんぶ食べてしまうのである。ぜんぶ食べておきながら、「サンドイッチおいしくなかった。なんかあたたかいものが食べたいな」と、なおかつ食べものに思いを馳《は》せてしまう、あの不思議。

夜食を食べてまたなんだか眠くなり、次に食事タイムのにおいで起こされると、ぱちぱちと機内の蛍光灯がつき、これが朝の合図である。

食事が配られはじめると、たぶん十人中九人の人が思い浮かべる「ブロイラー」という言葉を自身も思い浮かべ、食べられるわけないじゃん、と思う。ついさっき夕食を食べて、夜食まで食べて、食べられるはずがない。あと三、四時間で目的地に着くんだから、食べるのやめよう。そう決意しながら、卵料理とウィンナやハムののった朝食トレイを受け取り、気づくと食べている。何この偽物卵、と思いながらもやっぱりぜんぶ、食べてしまう。食べ終えてまた、かすかに落ちこむ。

恥を忍んで告白すると、私は二十二歳まで、赤道というものは目に見えるのだと思っていた。海に赤い線がひいてあって、飛行機の窓からそれを見下ろすことができるのだと信じていた。二十二歳で友人とニューヨークにいったとき、私は友人に訊いたそうである。赤い線なかなか見えないけど、赤道は越えないのかな、と。

同じく、日付変更線というものも見えるのだと思っていた。よく「今、日付変更線を越えました」とアナウンスが入るが、それはパイロットがその線を見て言っているのだと思っていた。と、いうか、今こうして書きながら、「思っていた」と過去形ではなく、じつは今もうっすらそう思っていると気づいた。しかしそれはどんな線なのだろう？

国境の橋を渡りながら、今はどちらの国にも属していない、と思うとき、なんともいえず不思議な気持ちになる。この場所の時間はなんだろう？　背後の国が午後四時で、目の前の国が午後五時ならば、四時半だろうか？　それともここには時間は存在しないのか？　そんなふうに思う。

飛行機のなかもそうだ。飛行機が嫌いで、かならず眠るようにしているが、人工的な夜に目覚めたときの光景が、私はさほど嫌いではない。ゴーというかすかな音、一様に眠る知らない人々と、眠れない数人の人たち。ぴったり閉められた窓と、時間のないところにいる浮遊感。そうなのだ、時間は人が作ったものだと、こういうときに思い出す。国境も時間も、区切りというものはみんな人間が作った人工のもの。一日は本当は二十四時間でもなく、暗くなったら一日が終わるわけでもない。

こうして時間と切り離されてみると、食べものはおもしろいようにおなかのなかに入っていく。口に入れたとたん宇宙に吸いこまれるように消えていく。朝昼夜と三食食べるということも、どこかのだれかが決めたのだ。機内の乗務員はそういう決めごとを人工的に忠実に守る。それに従いながら、不思議と、夜も昼もそのたびごとの食事もない、果てのない宇宙をひとり、さまよっているような気分にちらりとなる。飛行機の夜が嫌いではないというのは、つまるところこの気分が嫌いではないのだと思う。

それを知る必要がある

実家を出てひとり暮らしをはじめたのが二十一歳のときで、それから十数年、ずうっと住む場所をさがしてさすらっていた気がする。何しろ十二年ほどのあいだに、引っ越し回数は九回だ。最短は三ヵ月、最長でも三年で引っ越していた。

しょっちゅう引っ越すので、友人や仕事相手である編集者は、私がよほど引っ越し好きか、（恋愛がらみの）トラブルメーカーだと思いこんでいた。でも私は引っ越し好きでも、トラブルメーカーでもなかった。運が悪いのと、忍耐弱いのと、引っ越しがさほど苦にはならない、それだけの理由である。

運が悪い、というのは、のぞき魔に通ってこられたり、管理人に毎日部屋を訪ねてこられたりする、ということだ。忍耐弱いのは、階下のヤンキー上がり風にいさんに足音がうるさいとすごまれるとか、部屋ではなく町がどうしても好きになれないとかいうことである。いちばん奇妙な理由としては、家賃を下げると言われて引っ越したこともある。その部屋にはバブル景気の終わりころに引っ越した。二年後の更新時期に、バブル景気の終焉《しゅうえん》を私たち庶民も実感するところとなった。更新にあたって、不動産屋から連絡があり、「更新してくれれば、家賃を下げます」というのである。そして四万円ほど安い金額を言う。その部屋は気に入っていたのだが、今まで二年間、四万円も余分に払ってきて、これから四万円マイナスされた「正規」料金を払うのか、なんかすごく馬鹿馬鹿しい、と、啖呵《たんか》を切るようにして引っ越し宣言をしたのだった。

二十代から三十代のはじめ、私はずうっと、本当にずうっと、安住の地をさがしていた。どこかに理想的な部屋があるはずだと信じて引っ越しをくり返していた。私の思う理想とは、「二階以上で、窓から景色が見え、風呂場《ふろば》と台所に窓があり、充分な広さがあり、管理人も大家も近くにはおらず、深夜でも宴会と麻雀《マージャン》ができる部屋」である。理想の前半の叶《かな》う部屋は、駅からの距離や築年数にかまわなければ、意外に多い。問題になるのは、最後の部分。管理人も大家も近くにおらず、宴会麻雀可。もっとも難問は、これなのである。そして、二十代の私がもっとも譲れないのもまた、それなのであった。より快適な宴会ができ、より快適な麻雀ができ、のぞき魔もやってこず、家賃も急に下げるなどと言われず、ヤンキー上がり風が階下に住んでもいない部屋。どこかにある。どこかで私を待っている。どうして見つけられないんだろう？

同じ住まいに、二年ごとの更新をくり返し、四年、八年と住んでいる友だちを見ると、うらやましくてしかたなかった。彼や彼女は、見つけたのである。理想の住まいを。

引っ越しをしない彼や彼女は、宴会や麻雀を基本条件に入れていないから、私よりずっと部屋にたいして寛大なのだとそのときは気づかなかった。自分を省みることもせず「顔がよく背が高く適度な筋肉がありデブではなく、年収が一千万あり残業と休日出勤がなく、女癖も悪くなく暴力をふるわない性格のよい次男求ム」と平気で言っておきながら、ふつうの恋人のいる友人をねたましく思うようなことを、私はしていたのだった。

ほかの人ほど引っ越しは苦にならないとはいえ、やっぱり作業は面倒だった。かつては荷物の運搬だけ業者に頼んでいたので、荷詰め・荷開けは自分でやらねばならなかった。引っ越しの何日も前から段ボール箱に占領されている住まいで寝起きをし仕事をし、引っ越してからは、なかなか片づかない段ボール箱に囲まれて寝起きをし仕事をする。私の持ちもののなかでもっとも量が多いのは本であり、毎度毎

せつないくらいなつかしい。

の、夜である。あの時間だけは、何度くり返しても好きだったし、今思い出しても、

けれどそんな面倒な引っ越しのなかで、好きな時間もまたあった。引っ越し当日

んと毎度あやまる私も、本詰め作業にはうんざりしていた。

度引っ越し屋さんに「本、多いッスねえ」と迷惑げな顔で言われていた。すみませ

がらんとした、なんにもない部屋に、段ボール箱を運びこむ。次々と段ボール箱を開けて所定の位置におさめていっても、その日のうちにはとても片づかない。台所はまだ使用不可で、手伝ってくれた友人とともに近所で酒を飲みつつ蕎麦《そば》を食べ、ほろよい気分で別れ、ひとりでまだ住まいになっていない空間に帰る。配線関係の苦手な私は、テレビをつけることもできず、CDデッキはあるもののかんじんのCDの段ボール箱がどこにあるのかわからず、しんと静かな空間で、ひとり、作業を続ける。ガムテープをはがし、中身を出し、段ボール箱をつぶす。カーテンのかかっていない窓には、こちらの様子を観察するかのように夜がぴたりとはりついている。あまりに静かすぎて、階下のもそもそした話し声や、隣室のテレビの音が、かすかに聞こえてくる。私以外の人は、いつもどおりの生活を行っているのだ。

夜も更け、疲れ、ぼんやりと部屋の真ん中に座りこむ。このとき、途方もなく心

細い気持ちがせり上がってくる。

まだよそよそしい天井や壁。永遠に開け作業が終わらないかのような段ボール箱。マットレス剝《む》き出しのベッド。つながっていないテレビとビデオ。本の入っていない本棚、食器の入っていない食器棚。嗅《か》ぎ慣れないにおい。ひそやかに漏れ聞こえる、見ず知らずの人の生活音。

私はなんにも持っていないし、正真正銘のひとりぼっちだと、その心細さは私に思い知らせる。積み上げられた段ボール箱の中身は私の持ちもので、それを持って引っ越し続けているわけだけれど、でも、このときばかりは、それらがなんの意味もないものに感じられる。だれかに借りた、仮の荷物のように感じられる。持っていることを誇れるものはひとつもなく、また、なくなって困るものもひとつもない。そして、ひとりぼっち。友だちがいても恋人がいても、その関係が変化しないはずがないことを、私はじょじょに知りはじめている。仲のよかった友だちだって疎遠になるし、恋人だってきっといつかは離ればなれになる。今、この静けさのなかでなんにも持たずにひとり佇《たたず》んでいるように、私は本当にひとりぼっちなんだと、生活感のまるでない見慣れぬ場所で、思う。いや、思うのではなく、知る。

それでも不思議と、そのことは私を失望させずかなしませもしない。あっけらかんと軽やかな気持ちになる。背負った荷物を放り出して伸びをしたような解放感がある。どうしようもなくさみしいが、そのさみしさのなんと心地よいことか。

作業は明日《あした》にまわし、はじめて入る風呂でシャワーを浴び、段ボール箱に囲まれたベッドに横たわる。このころには、孤独感に感極まってほとんどハイ状態である。ああ眠るのがもったいない。私を心細くする夜をずっと見ていたい。そんなふうに思いながら、疲れのせいで秒速で眠りに落ちていく。

この気分、あらかた荷物の片づいた二日目には、もう二度と味わえない。そこから生活がはじまってしまえば、あとかたもなく消えていく。ひとりぼっちだなどと私はもう思わない。何も持っていないとも思わない。その日その日のできごとに、真剣に、ときにはいいかげんに向き合って、喧嘩《けんか》したりひとり泣いたり酔っぱらったりわかりあったりして、住まい然とした自分の家で寝起きする。

あの心細さを思い出すのは、その住まいをまた引っ越す前日である。

引っ越し一日前の夜、ふたたび段ボール箱に占領された部屋で、眠ることになる。カーテンもとってある。本棚も空っぽである。そうして私は、引っ越してきたばかりのころを驚くくらい鮮明に思い出す。一年前や二年前、心細く部屋に座りこんでいた自分と、窓の外の闇と、生活感のない空間とを。あの、さみしいのにすがすがしい気分とともに。

これから出ていく部屋と、これから住みはじめる部屋は、様相がまったく同じだが、その一年なり二年なりで、自分の立ち位置が大きく変化したことを、このとき知らされる。友だちが変わり、恋人が変わり、好きな食べものやよくいく店が変わり、仕事への関わりかたが変わり、担当編集者が変わり、興味が変わっている。そうしてその部屋を出ていく前の日にも、私は実感するのである。自分が何も持っていなくて、ひとりぼっちであることを。

三十代の半ばから、私はぴたりと引っ越すことをやめた。理想の住まいに出会ったのかといえば、きっとそうではなくて、理想の住まいなどこの世にないと気づいた、というのに近いと思う。宴会をしたいときは飲食店に予約を入れるようになり、そうして、昼夜徹して麻雀をできるほどの時間の余裕がなくなった。その二つを条件から外せば、理想とはいえずとも快適な住まいというのは案外かんたんに見つかる。

だからあの、心細い気分は、旅先で味わうしかない。はじめて泊まる宿で、ちいさなナップザックを見て、心細く外の闇を見つめ、そうしてあらためて知るしかない。私は未《いま》だになんにも持っていなくて、こんなにもひとりぼっちだ、と。

魂が旅する夜

病院の夜はどこの夜とも違う。人の魂が自由に行き来している、そんな意味で「開いている」感じがする。

はじめてそんなことを思ったのは、高校生のときだ。父親が入院していて、亡くなるまで私たち家族はよく病院に泊まりこんでいた。たいがいは父の個室に泊まったが、疲れると、付き添い家族が泊まる旅館の大広間みたいな部屋で布団を敷いて寝た。

病院の食事時間も消灯時間も早い。にぎやかに食事の時間が終わり、フロアじゅうに漂っていた、食べものなのに食べものっぽくない不思議なにおいが消えると、消灯時間になり、すべての病室の明かりが消える。ついているのは廊下の、避難通路を示す緑の明かりと、ナースステーションの白々した明かりのみ。

付き添い家族にとって、病院の夜は眠るための夜ではなくて、眠らないための夜である。死にそうな人が死なないことを確認するための、夜である。
私はこのとき受験生だったので、父の個室でちいさな明かりをつけて勉強してい
た。何かが頭に入るわけではなかったが、ほかにすることがなかった。勉強に飽き
ると病室を出て、静まり返った廊下を歩き、ひとけのないロビーにいき、エレベー
ターで一階に下り、静かな光を放つ自動販売機でジュースを買って、やっぱり無人
の待合室でそれを飲み、また戻ったりした。
実際は、そんなに何日も泊まりこんでいたわけではない。最後のほうは意識不明
の父の病状が危うくなると、私たち家族は呼び出され、タクシーで駆けつけ、その
まま安定するまで泊まり、交代で寝たり起きたりしていた。それもきっとしょっち
ゅうではないはずなのに、あの独特の夜の感じが強く自身の内に染みついてしまっ
て、病院で何日も暮らしていたような気すら、してしまう。
独特の夜の感じというのは、人が大勢そこにいるのに、まったく無人であるかの
ような奇妙な静けさや、別の場所で見れば不気味なのにそこでは安堵《あんど》の色に見える
緑の明かり、そして先に書いた「開いている」というような印象のことだ。
人はきっと、昼でも夜でも死ぬのだが、病院では、夜によりいっそう人の死を感
じる。たとえば、前日、開いた扉から伸びていた足が見えたのに、次の日の朝通り

かかると、扉は全開になっていて、無人のベッドがぽつりとある、という光景を、よく見た。その変化は、そのときの私にはこわくもかなしくもなく、ただ静かに、死ってこういうことですよと教えられているように感じられた。父が亡くなったのも夜だった。夜のまだ早い時間。病室には私しかおらず、医者に、家族を呼ぶように言われ、ああ最期だ、と咄嗟《とっさ》に理解した私は、広い病院内を駆けまわって家族をさがしたのを覚えている。

それからほぼ二十年後、母は、父と同じ病気で同じ病院に入院した。もちろん同じ病棟である。その病棟に足を踏み入れたとき、ああ帰ってきたというような気持ちがあった。

入院してからの母の死はあまりにも呆気《あっけ》なかった。担当医ですらそんなに早く亡くなってしまうと思っていなかった。亡くなるほんの一週間前には、最後の仮退院の話をしていたくらいなのだ。病院では、よほどのことでないと付き添い者の宿泊を認めていない。だから私は父のときのようには、病院には泊まりこんでいない。あの大広間も使わなかった。たいがい、面会終了時間にはほかの面会客とともに帰ることが多かった。

最期だけである。深夜に呼び出されて病院に着き、それから約二日、付き添った。

びっくりした。病院はずいぶん変わっていて、レストランの場所も売店の場所も違うし、いろんなところが新しくなっていたり増築されていたりするのに、病院の夜は、まるで何も変わっていなかった。緑色の明かりも、人がいるのに無人なような空気も、「開いている」感じも。私は高校生でもなく、あのときとは格段に変わっているはずなのに、その夜のなかで私はあのころの私とまったくおんなじだった。何も知らずに何もできずに、無力で途方に暮れている私のまんまだった。

夜半、緑色の光に照らされる廊下を歩き、トイレにいった。顔を洗っていると点滴のポールごと移動している入院患者らしき中年女性が、「だいじょうぶ、今日で山を越えられるわよ」と声をかけてきて、まったく知らない人なのに、私は神とか天使に声をかけてもらったような気持ちになって、ありがとうございますと深々と頭を下げた。書きながら、今、あらためて不思議に思う。あれはいったいだれだったんだろう？

それにしても、夜の病院の、この落ち着く感じはなんなんだろうと、廊下を歩きながら思った。

二十年前もそうだった。近しい人がもうすぐいなくなろうとしていて、そのことに私は途方に暮れ、泣きたいのをくちびるを噛《か》んでこらえている。なのに、それとはまったく関係なく、落ち着くのだ。静けさも弱々しい明かりも闇も。

もし私が、二十年前に病院に泊まった経験を持たなければ、この夜はただおそろしく、不気味で、かなしいのだろうか。そんなことを考える。

それは、もし私の父が、あのとき死ななくて、ずっと生きていたら、私のものの考えかたは今と違うだろうか？　と考えるのと、似ている。つまり、無駄。そういう仮定を無駄と知りつつ私は幾度でもしてきたし、これからもするのだろうけれど、でも私はそのような経験をすでにしたのであり、現に病院の夜に落ち着いているのである。そうでない自分というものは、どのように仮定しようとどこにも存在しないのだ。

やっぱり夜の早い時間に母は息を引き取った。いろんな手続きがあり、看護師さんと二人で母の体を拭《ふ》き、着替えさせ、化粧をし、そんなあいだにすっかり夜は更けた。母の亡骸《なきがら》を病室から地下の霊安室に運び出すとき、ほかの入院患者に会いたくないと私は考えていた。きっとみんな動揺するだろう。その私の願いどおり、病棟の廊下からエレベーターホール、地下まで、だれひとりともすれ違わなかった。人の気配がするのに、あいかわらず、人っ子ひとりいないような静けさが建物じゅうを支配していた。

かなしいといえば、もちろん、呼吸するのが実際に苦しくなるくらいかなしかった。でもそれとはべつのところで、やっぱり私はへんに安らかな気持ちも味わっていた。それはきっと、「開いている」印象のせいだろうと思う。

　私はもともと人には魂があると信じているが、病院の夜は、それをなおさら強く信じさせるような雰囲気がある。人には魂があって、死ぬとそれが体から抜けて、やってきた場所に還《かえ》るのだと、病院の夜の静けさはなぜか私により強く信じさせる。病院というのは大勢の人が亡くなる場所だからかもしれない。前日ベッドから足をのぞかせていた人が、今日、いなくなる、それは、知らない人だとはいえ、単に何かが無になる、消える、ということだとは、私にはどうしても思えなかった。前日そこに横たわっていた人は、今日、どこかにいった、というふうに思えてならない。どこか、体を必要としない場所に。

　魂があって、それが元いた場所に還っていったという考えは、人を救うと私は思う。身近な人にもう永遠に会えないかなしみはけっして癒《い》えることがないが、でも、その命が無になったと思うよりは、ある場所に還って、そこにいると思ったほうが、生きている人間はよほど楽だ。昔、自宅で息を引き取ることが一般的だったころは、病院の夜に安らぎを覚え、魂の存在を信じるなんてある種異様なことだったろうけれど。

　検査の結果が思いの外悪く緊急入院した病院から、父が亡くなった病院に移りたいと言いだしたのはそもそも母だった。救急車に乗って、まるで引っ越しのように病院を移った。救急車の窓から、二十年前通い詰めた病院の、真っ黄色に染まった銀杏《いちょう》の木々と四角い建物が見えたとき、担架に横たわった母は、ああ、よかった、ここにこられた、とつぶやいた。こっちの病院のほうが大きくて安心だという意味だと私は思っていたのだが、今、そうではなかったのかもしれないとも、思う。薄々自分の病状を知っていた母は、どこかに還る父を見送った場所を、自分が旅立つ場所として選んだのではないか、その意味での「よかった」ではなかったか。家族で夜を過ごした、奇妙に静かで、かなしくて、安らかな場所にこられてよかったと、そう言ったのではなかったか。

孤独と電話

携帯電話が登場したのは二十年以上前だと思うけれど、一般的に普及し、持っているることが「ふつう」と分類されるようになったのは、十年くらい前ではなかろうか。機械音痴で、電話が苦手で、いつも家にいるから携帯電話の必要などまったくなかった私が、「なんで持たないの？　ポリシー？」と訊《き》かれ続けることにうんざりして、携帯電話を買ったのがちょうどそのころだ。

携帯電話の普及によって消えていったものは、数多くある。

たとえば、待つ、ということ。待ち合わせに相手があらわれなくても、携帯電話がなければ、待つ、しか対処法がない。待ち合わせに何分待てるか？　という質問が、当然のごとくあり、たいがい三十分、長くて一時間とみんなそれぞれ自身の耐久時間を認知していた。

自宅住まいの異性に電話をかける気まずさも、ぱったり消滅したはずだ。おかあさんが出たらどうしようと思いながら、交際間もない子の家に電話をかけたり、自分の家の電話が鳴るたび、親に先にとられまいと即座に電話に出たり、したものである。今の若い人には信じ難い話だろうが、女子高に通っていた私に、知り合いの男子から電話がきて、親が彼に「どんなご関係ですか」と訊いた。それだけの理由ではなかろうが、以来その子と連絡が途絶え、私はずいぶん長いこと無粋な親を恨んでいたものである。

電話が鳴って、だれから⁉とわくわくする気持ちも、今はないのかもしれない。ディスプレイに名前が出るから、声を聞く前にわかってしまうし、知らない番号だと「だれから？」と、わくわくではなく迷惑げなニュアンスで思ってしまう。恋人からかと思って電話に出たら友だちで、「そんなあからさまながっかり声出すな」などと言われることも、きっともうないに違いない。

秘密、というのも、消滅はしていないが、でも、ちょっと減ったと思う。恋人や夫の浮気を知ったきっかけは、携帯電話というのがずいぶん多いらしい。鍵《かぎ》の付いた日記がある時代に子ども期を送った私にしてみると、他人の携帯電話を見るというのは、ずいぶんな蛮勇に思えるのだが、テレビのインタビューを見ていたら、十人中九人の女性が、恋人なり配偶者なりの携帯電話をチェックしたことがあると答えていた。携帯電話がなければ、決して知られなかった秘密が、ずいぶんと多いのではないかと想像する。

もっと物理的なものだと、アドレス帳というのもなくなった。昔はあいうえお順に連絡先を書いたアドレス帳を、手帳とともに持ち歩いていたものだった。よくかける番号は記憶してしまって、たとえば別れた恋人の電話番号なんて、なかなか忘れられなくて、困った。指が勝手にかけてしまったり、本当にするのだ。

この、番号を覚える記憶力、指が勝手にかける感覚、というのも、消滅して久しいものだろう。

そう、携帯電話はずいぶん多くのことをなくしたり減らしたりした。小説家は今までと違うスタイルの小説を書かなければならなくなった。だって、待ったり、会えなかったり、すれ違ったり、疑ったり、番号が忘れられなかったり、という不便さこそが、それまでの小説のわりと重要なポイントだったのだから。

もうひとつ、携帯電話がなくしたものに、夜の孤独というものがあるように思う。

ひとりで暮らしはじめた二十一歳のときから、ほとんどの夜、私は酔っぱらっている。もちろんすべてではないが、たぶん、八割方は酔っぱらって過ごしてきた。

大勢で飲んで、その余韻のまま帰り、ああたのしかったと思ったまま眠れるのがいちばんいいが、そうではない場合もある。

なんとなくうまくいかなくなったと双方理解している恋人と飲んで、別れて、しんとした気持ちで帰ってきたときとか。自分の部屋でひとりで飲んでいるときとか。友人たちが家に遊びにきて、さんざん騒いで飲んで、みんな帰ってしまったあととか。大勢で飲んでたのしかったのに、ひとり帰ってきたとたん、さえざえとさみしくなって、ひとり飲みなおしたらよけいさみしくなってしまうとか。

朝や昼には決してない孤独な落とし穴が、夜にはそこここに仕掛けてあるのだ。

孤独を感じるだけなら、まだいい。孤独でもなんでも、味わえるときにはきちんと味わっておいたほうがいいと私は思う。どうせ私には眠れないということがないのだ、ううう－、ううう－、と布団にくるまってごろごろしていればそのうち眠り、起きれば朝で、夜といっしょに孤独も霧散しているのだから。

が、たちの悪いことに、たいていの夜酔っぱらっている私は、理性が働かない。孤独を薄める手っ取り早い方法に、つい頼ってしまう。手っ取り早い方法、それは電話をかけること。夜中の二時、三時である。そうとう酔っぱらっているのである。しかも、さみしいのである。友だちであれ、恋人であれ、今思えば、そうとういやな種類の電話である。

電話して、何を話すわけでもない。でも、すぐ切るわけでもない。とりあえず孤独から少し目をそらせたことに安堵《あんど》し、私はよく、子機を片手に新たに酒を作って飲みながら、だらだらと話した。また酔ってきて、ふだんは決して口にしない弱音を吐き、いじましく悩んでみせたりもする。

今考えると不思議なようだが、そんな迷惑な電話を、「寝てるから。ガシャン」とやる人はいなかった。たいていが、女友だちでも男友だちでも恋人でも元恋人でも、つき合ってくれた。それはおたがいさまだったからだろうなあと、今、思う。そんなふうに電話をするのは私だけではなかった。私のところにも似たような電話はよくかかってきた。ほとんどの友人が自由業だったので、そんなことも可能だったのだろう。でももしかしたら、明日《あした》九時から会議だから早く寝なくちゃ、というような職業でも、夜電話はし合っていたかもしれない。私はじつに迷える孤独な二十代で、周囲は類を呼んだとしか思えない友ばかりだった。

小説も書けない、恋人もいない、親ともうまくいかず、何ひとつ好転の兆しなし、というような時期があって、このときは最悪だった。毎日ひとりで酒を飲み、午前二時三時に決まって孤独に耐えかねて友人に電話をかけ、ひたすら愚痴ったり、不安を打ち明けたりしていた。そのときいちばんよく電話をし合っていた友だちが、気のきいた冗談のつもりだったのか、それとも暗い話が面倒になったのか、「そんなにしんどいなら死んじゃえば？」と軽い調子で言った。いっぺんに酔いが醒《さ》めた。冷や水を浴びせられたような、という紋切り型の表現に、これ以上ないほどぴったりの気分だった。「死んじゃえばいい」が拒絶の意ではないことは声でわかったし、その言葉の強烈さに傷ついたわけでもないけれど、でも、その言葉は私たちを決定的に隔てた。

その友だちは、恋人ではないがなんとなくおたがいに好意を持っていて、だからそんなふうに私も甘えた気分で電話をかけ、また相手からもぐだついた電話をもらっても迷惑だとは思っていなかった。けれど彼のこの一言で、私たちの孤独はだれとも共有し合えないと頰をはられたように思い知った。共有し合ったつもりになって、電話をすることで孤独に封をしたつもりになって、それから逃れた気持ちになって、でも、そんなのぜんぶまやかしだ、と思った。そんなことを気づかせたその友だちを、私は筋違いにもちょっと憎んだりもした。

私は翌朝、アドレス帳のその子の電話番号を、修正液で消した。ページをめくると数字が透けて見えたので、こちらにも修正液をぬった。もう酔っぱらってこの子に電話をかけてはいけないと思ったのだ。どんなに孤独でも。この子しか、相手をしてくれる人が思い浮かばなくても。どんなに酔っていたって私は思い出すだろうから。私たちはだれとも孤独を分かち合えないし、そこから逃れられないと思い出し、さらに、夜の穴ぼこの深いところに追いこまれるだろうから。

そのとき私はその子の電話番号を消すことによって、きっと、やめようと決めたのだ。彼だけではない、夜の唐突な孤独から、安易に逃げようとするのはやめようと。アドレス帳から連絡先が消えたのがまるで象徴のように、その後、私とその子はあんまり会わなくなり、まったくの無関係になってしまった。

携帯電話がある今だったら、私は、逆にあんなふうに電話に頼らなかったのではないかと思う。話したい相手に、すぐ電話がつながるという安堵がまず、ある。メールという手段もある。それだけで、あんなふうな突発的な孤独につかまることはないように思うのだ。

と、言いつつ、自分の携帯メールの履歴を見たら、数日前に送ったらしい、打ち間違いばかりで何が書いてあるのか意味不明の友人宛メールがあった。二十代のときのようにさみしくなったわけでもないが、酔っぱらった際に何か話したくてメールしたのだろう。酔いすぎて長文が打てなかったらしい、ほんの一行。三つ子の魂百までなのかと苦笑しつつ、お詫《わ》びのメールを打った。

解説

西　加奈子

角田光代さんとは、飲み会でお会いすることが多い。

よくお邪魔させてもらうのが角田さんのお仕事場で開催される飲み会だ。角田さんが作ってくれたたくさんのお料理を食べ、ワインセラーで保存されているとても美味《おい》しい（そしておそらくとても高価な）ワインを何本もいただくという、夢のような集まりである。

角田さんは、実にまめまめしく動く。グラスが空いている人がいれば「次何飲む？」と席を立ち、皿が空いたら洗い、テーブルの上の料理が少なくなったら台所に立ってまた新しく美味しいものを作ってくれる。

初めは大先輩である角田さんにそんなことをさせるのは気が引け、「手伝います」なんて言っていたものだが、角田さんは気を使われることを異様に嫌う。「いいのいいのいいの座ってて座ってて」なんて言いながら新しい料理を運ぶ角田さんは、「みんなに来てもらうのが嬉《うれ》しくてたまらない」という顔をしていて、結局私たちは座ってただただ歓待を受ける。なんでそんなにしてくれるの？　と、心から不思議に思っていたのは最初の方だけで、今では角田さんに「ワインある？」なんて聞いている。こんな失礼な後輩はいないが、角田さんは、「あるよあるよ、これすんごく美味しいよ」と、惜しげもなく高価なワインを開けてくれ、料理を出し、帰る人を送り、また新しく来た人を迎える。

こうやって書いたら、ただただ「天使のような優しい人」と思われるだろう。でも、角田さんは違う。もし角田さんが「それ」だけの人だったら、さすがに申し訳なくて、いたたまれなくて、気を使ってしまうだろう。

角田さんは、まめまめしく動きながら、皆をもてなしながら、ご自身が一番酔う。それはもう、正体なくなるほど酔う。酔うと同じ話をずっとする。使う言葉が四個くらいになって、大きな目がガチャピンみたいなとろんとした目になる。私や誰かが満を持して面白い話をしても、ご自身で芯《しん》から理解出来なければ、ちっとも笑わない。とろんとした目を再び大きく見開いて、じーっと、じーっと、話す人を見ている。ごめんなさい分かるまで待ちますって、犬みたいな顔をしている。

時々、小学生の（しかも低学年の）女の子が言うような悪口を言ったりもする。「あの人のシャツの色って変」とか！　それでみんな角田さんに「何言ってんの！」とか、言いたい放題言う。角田さんは飲みすぎて首がガクンガクン振れるようになって、散々酔っぱらった私は、後片付けを何もしないで帰る。

タクシーが拾える道路まで歩きながら、空を見上げると夜だ。

角田さんは多分、ほとんど頭を机にくっつけるようにガクンガクンしながら、残っている人たちと飲んでいるんだろう。そう思いながら、私はいつもなんとなく、泣きそうになっている。

角田さんみたいな人に、会ったことがない。

こんなまっさらな、剝《む》き出《だ》しの人に、私は会ったことがない。

角田さんはみんなのおばあちゃんみたいだし、小さな女の子みたいだ。そしてもちろん、重要なことに、誰よりも勇敢な、強い女性でもある。

「角田さんのこと」について、文字数を割きすぎたけれども、でも、この作品の解説を書くにあたって、私から見た角田さんがどういう人か、というのを書いておきたかった。どんな「角田光代」が、夜を見つめているのかを。

勇敢なひとりの女性である角田さんは、ときにおばあちゃんのように、ときに小さな女の子のように、夜に対峙《たいじ》する。あるときは異国の地で。あるときは見知った街で。

角田さんは、いつだって見ている。

あのまっさらな、剝き出しの目で、眼前に広がる景色を、じっと見ている。角田さんは夜を、決して抒情《じょじょう》的なものにしないし、詩的なものにしない。

例えばモロッコの砂漠で見た月、そしてモンゴルの草原で過ごした夜の描写。


それはUFOではなく見慣れたはずの月だったが、生まれ出たばかりのような馬鹿でかい月から、目を離すことができなかった。美しいとか、神秘的とか、そんな言葉はいっさい思いつかず、私は未知なるものを見るように月を見ていた。(「月の砂漠」)

背後にはゲルがあるが、目の前には何もなく、人の気配もない。地球にただひとり置いていかれたみたいだと思った。不思議とさみしくはなかった。すごいような気持ちだった。夜、というものが、単なる時間の経過ではなくて、生きもののように感じられた。その生きものと向き合って私はひとりで立っているのだった。(「まるごと夜」)

生まれ出たばかりのような月。未知なるその姿。目の前に広がる、生きものみたいな夜。私たちはそれを、はっきり捕まえることが出来る。角田さんの目を通して見る夜が、私たちの夜になる。

角田さんの素晴らしいところは、どのようなドラマティックな旅も、とうてい想像できないような経験も、すべてこんな風に「私たちのもの」にしてくれるところだ。角田さんが書くものには、私たちが知らない言葉は出てこない。難解な言葉で煙に巻いたりしないし、デコラティブな修辞で目をくらませたりしない。それらは必要ないからだ。角田さんは、可能な限り装飾を省いたシンプルな言葉を、丁寧に、丁寧に積み重ね、大きな出来事に血肉を通わせて、私たちの手の届く場所へ置いてくれる。

だから私たちは、アトラスの夜を、カランバカの夜を、タンジェの夜を、私たちのものにすることが出来るのだ。私たちはそこで、角田さんと一緒に、夜を受け入れることが出来るのだ。

それにしても、角田さんの手にかかれば、夜というものはなんて多様な姿を見せるのだろう！　私たちにとっては、日々当たり前にやってくるはずの夜の違いを、角田さんはこんなに丁寧に鮮やかに見せてくれる。それはやっぱり、あのまっさらな目と、それを間違いなく言葉にしてゆくことが出来るとんでもない力によるものだ。

角田さんが見つめたたくさんの夜は、どれも、ただの夜じゃない。たった一度の夜なのだ。

私たちが見ているこの「夜」は、もう二度と戻ってこない夜なのだ。

そんなこの上なく尊い、たった一度の夜の渦中で、角田さんは何度も肚《はら》をくくる。肚をくくる、という表現はおかしいかもしれない。でも私には、どうしたってそう思える。

夜はときとして、私たちがひとりであることを思い出させる。銭湯からの帰り道、父も母もいるのにひとりぼっちだと感じた、あの幼い日の気持ちは、夜というものの持つ本質だったような気がする。(「かつて私に夜はなかった」)

今、この静けさのなかでなんにも持たずにひとり佇んでいるように、私は本当にひとりぼっちなんだと、生活感のまるでない見慣れぬ場所で、思う。いや、思うのではなく、知る。(「それを知る必要がある」)

これは角田さんのささやかな、そして清潔な気づきだ。でもその気づきを、角田さんが言葉で自分のものにしたとき、「肚をくくった」と、私は思うのだ。

自分はひとりだ。

その気づきから始まった思い、こんなにも心細い、頼りない思いを抱えて、でも自分は生きてゆくのだというその覚悟は、淡く、ささやかで、でも絶対に強い。

勇敢な女性はもちろん、おばあちゃんが、小さな女の子が肚をくくった瞬間ほど、勇ましくて、健気で、強い景色はないではないか。

最後に、このエッセイを読んでいて、最初に泣いてしまった文章を紹介したい(つまり私は、それ以降何度も泣いたのだった）。

翌日、バスでカランバカを目指した。バスは山をのぼり、気がつけば窓の外は雪景色で、「あんれまあ」と窓に顔をくっつけていると、今度は山を下り、雪などまったくない道をバスは進む。（「こわくない夜」）

ギリシャにバカンスに行ったはずの角田さんが、そのバカンスのあまりの「のんびり」ぶりに飽き、メテオラという修道院が並ぶ奇岩の村に行くことにした、その道中の記述である。自ら書いていて、「なんでこの箇所で？」と思った。でも、私は確かに泣いてしまった。ぶわあっと、涙が溢《あふ》れてきたのだ。

恵まれた、素晴らしいリゾートに飽きて、見知らぬ土地を目指す角田さん。一面の雪景色の中、窓におでこをくっつけている角田さん。「あんれまあ」って驚く角田さん。なんだかこの文章が、角田さんという人を現しているような気がしたのだ。特に「あんれまあ」の部分が。

小さな女の子、おばあちゃん。そして、勇敢なひとりの女性。

角田さんでなければ、この作品は絶対に産まれなかった。たくさんのうつくしい夜に出会えたことを、私は本当に幸せに思う。

幾千《いくせん》の夜《よる》、昨日《きのう》の月《つき》

角田光代《かくたみつよ》

平成27年 1月25日　初版発行

発行者●堀内大示

発行所●株式会社KADOKAWA
〒102-8177　東京都千代田区富士見2-13-3
電話　03-3238-8521（営業）
http://www.kadokawa.co.jp/

編集●角川書店
〒102-8078　東京都千代田区富士見1-8-19
電話　03-3238-8555（編集部）

角川文庫 18963

印刷所●株式会社暁印刷　製本所●株式会社ビルディング・ブックセンター

表紙画●和田三造

ISBN978-4-04-102386-0　C0195

本書は2011年12月に小社より刊行された単行本を文庫化したものです。